U0514175

聊斋志异

手绘图鉴

凤妩/编著　　畅小米/绘

北方联合出版传媒(集团)股份有限公司
万卷出版有限责任公司

图书在版编目（CIP）数据

聊斋志异 / 凤妩编著；畅小米绘. — 沈阳：万卷
出版有限责任公司，2024.2
ISBN 978-7-5470-6054-4

Ⅰ.①聊… Ⅱ.①凤… ②畅… Ⅲ.①《聊斋志异》—
通俗读物 Ⅳ.①I207.41-49

中国版本图书馆CIP数据核字（2022）第128282号

出　品　人：王维良
出版发行：北方联合出版传媒（集团）股份有限公司
　　　　　万卷出版有限责任公司
　　　　　（地址：沈阳市和平区十一纬路29号　邮编：110003）
印　刷　者：辽宁新华印务有限公司
经　销　者：全国新华书店
幅面尺寸：145mm × 210mm
字　　数：190千字
印　　张：7.5
出版时间：2024年2月第1版
印刷时间：2024年2月第1次印刷
责任编辑：张洋洋　邢茜文
责任校对：张　莹
封面设计：琥珀视觉
装帧设计：汤　宇
ISBN 978-7-5470-6054-4
定　　价：68.00元
联系电话：024-23284090
传　　真：024-23284448

常年法律顾问：王　伟　版权所有　侵权必究　举报电话：024-23284090
如有印装质量问题，请与印刷厂联系。联系电话：024-31255233

序言

　　《聊斋志异》原著作者为蒲松龄。蒲松龄，山东淄川人，字留仙，一字剑臣，号柳泉居士，生于崇祯十三年（1640年），卒于康熙五十四年（1715年）。蒲松龄一生著作颇多，诗词文赋、戏剧俚曲都有传世，以《聊斋志异》成就最高，其中许多篇章被改编为电影、电视剧、歌曲，流传广泛，深受大众喜爱。

　　蒲松龄的先祖自明初就居住在淄川，虽非豪门望族，但也是诗书传家。明万历年间，全县有资格享受朝廷补贴的秀才，蒲氏家族就占了六人。蒲松龄的高祖蒲世广是廪生，曾祖蒲继芳是庠生，到了他祖父蒲生汭这一代，因未考取功名家道开始衰败。

　　蒲松龄成长于明清鼎革之际，虽然兵荒马乱、灾难频繁，但蒲家对科举的追求却没有断过。顺治十五年（1658年），蒲松龄初应童生试，以县、府、道三试第一的名次考中了秀才，当时的山东学道、著名诗人施闰章看了他的文章后十分欣赏，在其试卷上批下"空中闻异香，下笔如有神""观书如月，运笔如风"的称赞之句，然而，谁也不知道这就是蒲松龄一生最得意的时刻。

　　年少的蒲松龄更加发奋读书，以求功名更进。但蒲松龄的文学家天性却无法掩盖，二十余岁时他和好友组织了"郢中诗社"，这可以视为蒲松龄文学创作的开端。蒲松龄喜爱屈原、李贺，二人诗文中的浪漫瑰丽对他影响很大。对功名的热衷和对文艺创作的热爱，纠缠了蒲松龄的一生。

此后，蒲松龄两次乡试未中，供养一个读书人成为了蒲家巨大的负担，蒲氏兄弟析产别居。康熙九年（1670年），蒲松龄应宝应知县之邀担任幕席，这段工作时日虽短，却让蒲松龄具体地了解了官场的腐败和黑暗，对基层胥吏的面目和普通老百姓的生活有了更为真切的认知。大概就在此时，蒲松龄开始了《聊斋志异》的创作。

一年后，蒲松龄辞任，前去参加乡试，再次落第。蒲松龄回到家乡，开始坐馆教书的生涯。康熙十八年（1679年），蒲松龄在扬州前知州毕际有家中担任家庭教师。此时，《聊斋志异》的创作已初具规模，淄川名士高珩为其写下了第一篇序言。

高珩序言开篇便定义什么是"异"："志而曰异，明其不同于常也。"这是一个最为常见普通的理解，高珩接下来的言论颇为大胆，他认为此"异"未必不能为儒家五常之"义"，即便《诺皋》《夷坚》这样的书籍，也和六经一样有教化的作用。

儒生向来讲究"子不语怪力乱神"，高珩却反驳，《论语》虽说"子不语怪力乱神"，但孔子所编写的《春秋》却不乏一些怪力乱神的内容，他认为对"异"的偏见是认知的偏狭。

三年后（1682年），淄川文人领袖唐梦赉为《聊斋志异》写了第二篇序言。和高珩相同，唐梦赉开篇也在分析"异"的概念，唐梦赉认为异是人经验之外的事物，是主观存在而不是客观范畴，这种观点与晋代郭璞对《山海经》的看法相同："世之所谓异，未知其所以异；世之所谓不异，未知其所以不异。

何者？物不自异，待我而后异，异果在我，非物异也。”

《聊斋志异》中《罗刹海市》一篇即很好地反映出"异是相对的"的看法。《罗刹海市》是一个典型的泛海故事，讲述了年轻的中国商人马骥被飓风吹到一个岛上，这个岛上的人奇丑无比，却认为马骥才是最为丑陋可怖的人。岛民告诉马骥："尝闻祖父言：西去二万六千里，有中国，其人民形象率诡异。但耳食之，今始信。"

高珩与唐梦赉的序文无疑是在为"异"、为传统志怪作出辩护，他们希望严肃正统的儒家社会更好地接受《聊斋志异》，然而蒲松龄的长孙蒲令德却不认可他们的辩护，他写道："夫志以异名，不知者谓是虞初、干宝之撰著也，否则黄州说鬼，拉杂而漫及之，以资谈噱而已；不然则谓不平之鸣；即知者，亦谓假神怪以示劝惩焉，皆非知书者。"

在蒲令德看来，聊斋不是《虞初志》《搜神记》《东坡志林》那样散漫拉杂、作为谈资噱头的作品，也不是以教化为目的写成，而是蒲松龄自身严肃的自我表达，这样的看法是更合理的。蒲松龄在《聊斋志异·自志》中写道："独是子夜荧荧，灯昏欲蕊；萧斋瑟瑟，案冷疑冰。集腋为裘，妄续幽冥之录；浮白载笔，仅成孤愤之书。寄托如此，亦足悲矣。"

孤愤之书、寄托之作，是蒲松龄对《聊斋志异》的定位，是他独坐寒窗、形影相吊之孤，是他功名无望、怀才不遇之愤，是他看世间不公不平却又无可奈何，只能借谈狐说鬼浇胸中块垒的寄托之作。

康熙四十九年（1710年），蒲松龄七十　岁，他结束四十年的教书生涯回到家中。这时，科场挣扎半生的蒲松龄得到垂怜，成为"岁进士"，当年郢中诗社的老友相聚一堂，他感慨万分，写下："忆昔狂歌共夕晨，相期矫首跃龙津。谁知一事无成就，共作白头会上人。"

蒲松龄对于科举的失意始终耿耿于怀，带着这种失意，康熙五十四年（1715年）正月二十二，他倚在聊斋的窗上，溘然长逝。

蒲松龄生前，《聊斋志异》就已备受赞誉，王士禛千金求稿是为一时美谈。但大范围的传播，让《聊斋志异》成为不朽之作却是在蒲松龄故去之后。

六朝小说张皇鬼神、称道灵异，唐传奇是尽幻社语、作意好奇，与前代志怪不同，《聊斋志异》则展现出了无与伦比的故事性，无论长篇短篇，《聊斋志异》的叙事变化、文笔描写都极为精妙完备。

此外，《聊斋志异》的抒情性也让它区别于其他小说。书中有蒲松龄自己的经历和痛苦，有他对社会普遍问题的观察和悲悯，借鬼狐花妖的意象嬉笑怒骂，富于浪漫而情感浓烈。蒲松龄在《聊斋志异·自志》中开篇就有"披萝带荔，三闾氏感而为《骚》；牛鬼蛇神，长爪郎吟而成癖"之句，《聊斋志异》确实有三闾氏（屈原）和长爪郎（李贺）的品格。

时至今日，《聊斋志异》依然展现出了蓬勃的生命力，笔者选取《聊斋志异》中部分经典篇章将其以白话文呈现，供更广泛的读者阅读，一睹《聊斋志异》一二风采。笔者学识浅薄，如有不正之处，敬请包涵、指正。

凤妖

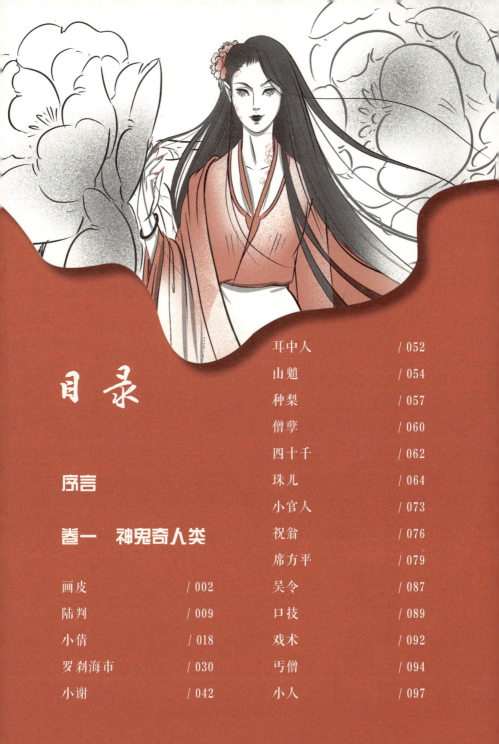

目录

聊斋志异 卷一

神鬼奇人类

画皮

画皮鬼杀人掏心

　　山西太原有一位姓王的书生。这天清晨,王生在路上遇见一个女子,这个女子独身一人,抱着包裹匆匆奔逃,看上去步履维艰。

　　王生快步跟上,见这女子是个美丽的少女,心生爱慕,问道:"你为什么一大早就一个人赶路呢?"女子回答道:"你只是一个路人,又不能解决我的烦恼,没有必要问那么多。"王生问道:"姑娘你有什么烦恼?如果能帮到你,我绝不推辞。"女子黯然说道:"我的父母贪图钱财,将我卖到大户人家做妾。这家的正妻善妒,从早到晚都对我羞辱打骂,我实在是难以忍受,准备逃到远方。"

　　王生又问道:"你准备逃到哪里去呢?"女子答道:"我一个逃亡的人,哪有什么具体的目的地。"王生说道:"我住的地方离这里不远,你可以来我这里。"女子高兴地答应了。

　　于是,书生抱着女子的行李物品,带着女子返回家中。女子看到屋里没有其他人,问道:"你没有家属吗?"王生答道:"这里是我的书房,没有其他人。"女子说道:"这里倒是个好地方。如果你怜悯我的话,请你千万保守秘密,不要泄露出去。"王生答应了,女子于是顺从了王生,一同歇息。

　　王生将女子藏在书房中,过了很多天也没被人发现。王生暗地里将女子的事情告知了妻子,妻子怀疑女子是大户人家陪嫁的侍女,劝说王生将女子送走,王生不肯听从。

这天，王生在市集遇见了一个道士，道士看着王生面露惊讶。道士问道："你最近遇到了什么事情？"王生答道："没有。"道士说道："你身上邪气萦绕，怎么会说没遇到什么事呢？"王生竭力辩白，坚持说没有遇到什么事。

道士转身离去，说道："奇怪啊。这世界上怎么有人死到临头还不醒悟呢！"王生听了道士的话，心中感到怪异，不禁怀疑起了书房中收留的女子，但转念一想，这女子明明是佳人，怎么会是妖怪呢？王生怀疑道士借着除妖祛邪的事情来骗钱，编造了这些话。

王生返回书房，发现房门锁了起来。王生疑心更甚，翻了围墙进入，进入后发现内室门也锁了起来。王生蹑手蹑脚地走到窗外，往里看去，只见室内是一个面目狰狞、青面獠牙的厉鬼。厉鬼正将一张人皮铺在床上，拿着彩笔在人皮上描绘。

不一会儿，厉鬼将笔扔掉，将人皮举起来像抖衣服一样抖了抖，然后将人皮披在身上，厉鬼立时就变成了二八佳人。

看到室内情形，王生十分害怕，赶紧弯着腰逃走。出门后，王生急忙去找道士，却不知要去哪里寻找。四处找了个遍，王生终于在野外见到了道士。王生跪在地上恳请道士救他性命，铲除那画皮厉鬼。道士说道："这个鬼也是个苦命的，正在寻找替身，我也不忍心直接杀掉她。"道士将自己的拂尘给了王生，让王生挂在卧室门口，约定之后在青帝庙见面。

王生回去后不敢返回书房，直接去了卧室将拂尘挂上。夜里一更，门外传来吱吱呀呀的声音，王生恐惧，便让妻子去看外面是什么情况。只见那女子在卧室门口徘徊，碍于拂尘不敢进入，站在那里咬牙切齿，很久之后才离去。过了一会儿，女子返回，

骂道："臭道士想吓唬我，我可不吃这套！哪有吃到嘴的肉还吐出来的！"

接着，女子撕碎拂尘，破门而入，直接走到床前，撕开了王生的胸腹，掏了王生的心，嚣张离去。王生妻子惊声尖叫，婢女拿着蜡烛进来查看，发现王生已经死去，身上血肉模糊，妻子陈氏吓得哭都哭不出来。

第二天，陈氏让王生的弟弟王二郎去找道士，转告王生的情况。道士听闻后，怒骂道："亏我还可怜她！这厉鬼怎么敢这样！"于是，道士跟着王二郎来到王家。这时，女鬼已经消失了。道士仰头四望，说道："幸亏还没有跑远。"又问道："南边院子是谁家？"王二郎答道："是我的家。"道士说道："厉鬼在你家中。"

王二郎感到讶异，认为自己家中没有厉鬼。道士问道："你家中有没有不认识的人进入？"王二郎答道："我一大早就去了青帝庙，还真不知道有没有陌生人，我回去问一问。"很快，王二郎就回来了，对道士说道："家里果然来了陌生人，早上有一个老妇人来到了家中，想成为我们家的仆人，我妻子将她留下了，现在还在家中。"道士说道："就是她了！"

道士与王二郎前往南院。道士手执木剑站在院中，大喝道："孽鬼！偿还我的拂尘！"老妇人在屋中听到道士的话，心中惶恐害怕，正要逃走，道士急追过来挥剑一刺，老妇人的人皮骤然脱落，化为厉鬼本相，躺在地上像猪一样嚎叫。

道士走了过去，将厉鬼人头斩下，厉鬼的身体霎时化作浓烟，在地上盘旋。道士取出葫芦，拔掉塞子，将葫芦放在浓烟之中，没一会儿浓烟就被葫芦尽数吸入。道士塞好葫芦口，放入袋中。再看厉鬼脱下的人皮，眉目手足俱全。道士将人皮卷了起来，也

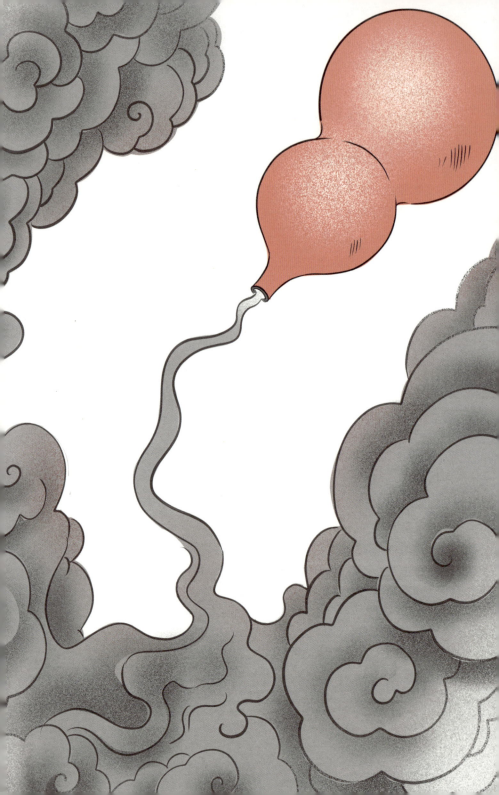

放在袋中，准备告辞。

王生的妻子陈氏拜迎上前，哭着请求道士帮助王生起死回生。道士告诉陈氏，自己做不到。陈氏伤悲不已，伏身在地不肯起身。道士想了想，说道："我的术法浅薄，真不能让人起死回生。我告诉你一个人，他或许有办法。"陈氏问道："这人是谁？"道士说道："市集上有一个疯子，时常躺在粪土之中，你可以去找他试试，向他哀求。如果他羞辱你，你也不要生气。"

王二郎也知道这个疯子，便和道士告别，和嫂子一同前去寻找疯子。路上，两人遇见了这个疯子，疯子如同乞丐一般邋遢，鼻涕长流，身上污秽让人不敢接近，唱着颠三倒四的歌。陈氏跪在地上，膝行来到疯乞丐面前。疯乞丐笑着说道："美人，你这是爱我吗？"陈氏向乞丐诉说了家中发生的事情。

乞丐又大笑，说道："天下的男人都可以做丈夫，让他活过来干吗？"陈氏继续哀求。乞丐说道："奇怪！让我帮助死人复活，难道我是阎罗王吗？"说着就愤怒地拿着木杖击打陈氏，陈氏忍痛挨着。

街市上围观的人多了起来，乞丐咳了几把痰在手中，递给陈氏说道："吃了它！"陈氏脸色涨红，面露难色，想起了道士的嘱咐，强行将痰咽下。这些痰一入喉，就像一团棉絮一样，缓缓落下，停留在胸口。乞丐大笑道："美人果然爱我！"说完起身走了，再不回头。陈氏一路尾随，到了一座庙中，准备追上去继续哀求，可是乞丐已经没有了踪迹。

陈氏前后搜寻了一番，都没有发现乞丐的身影，只能羞惭悔恨地回到家中。陈氏对王生的死去感到悲伤，又悔恨自己吞食乞丐的痰，遭受羞辱，哭得前俯后仰，恨不得死去。陈氏为王生收敛尸身，家人站在旁边，却没有人敢靠近。陈氏抱着王生的尸体，将他的肠子塞回身体，一边清理一边哭泣。陈氏哭得声嘶力竭，忽然间想要呕吐，她胸中结的那团东西突突跳动，陈氏还没反应过来就呕了出来，这团东西正好落在王生的胸中。

陈氏惊讶，这吐出的东西竟然是一颗心脏。这心脏热气腾腾，好像在冒烟一般。陈氏大惊，急忙将王生的胸腔合起，用力绷住。陈氏手上的力气稍有松动，就会有一缕热气飘出。陈氏赶紧用绸布将王生身体紧紧包裹。这时，陈氏用手抚摸王生的尸身，已经渐渐有了暖意。

陈氏给王生盖上被子，待夜里掀开查看时，发现王生已经有了气息。第二天天亮，王生竟然已经活了过来。王生对妻子说道："我一直恍恍惚惚，如同在梦中一般，只觉得腹部隐约作痛。"再看王生被厉鬼撕开的地方，已经结了一个铜钱大小的痂，很快就能痊愈。

陆判

判官为友换心

陵阳有一个人名叫朱尔旦。朱尔旦，字小明，性格豪爽，但是头脑素来迟钝，读书虽然努力却一直没有取得功名。

一天晚上，朱尔旦和文社的朋友们聚会饮酒，其中一人对朱尔旦说笑道："平日里都说你胆子很大，如果你敢夜里去十王殿，把殿里左廊下的判官神像背回来，我们就出钱宴请你。"

事情是这样的：陵阳有一座十王殿，殿内的神鬼像都是用木头雕刻而成，装饰得栩栩如生。殿内东廊有一座判官像，绿面红须，容貌狰狞。曾有人在夜里听到过廊下传来拷训审问的声音，进到这里的人都感到毛骨悚然。所以，文社的人就给朱尔旦出了这样一个难题。

朱尔旦笑着起身，直接去了十王殿。没过一会儿，朱尔旦就回来了，在门外大声说道："我把大胡子判官背来了！"听闻此言，众人起身去看。很快，朱尔旦就背着判官像进了门，将其安置在茶几上，倒了三杯酒敬给判官像。

屋里其他人瑟瑟发抖，惶恐不安，又请朱尔旦将判官像背回十王殿。朱尔旦将酒倾洒在地，祝祷道："学生我狂放无礼，希望您不要怪罪于我。我的家离这里不远，如果有兴致的话就去我家喝上一杯，希望您不要见外。"说完，就背着判官像走了。

第二天，文社友人如约宴请朱尔旦，直到傍晚时分，朱尔旦

才带着醉意回了家。朱尔旦感觉还没尽兴，又点上灯自己独饮。忽然，家中的帘子被掀了起来，一看，来人正是判官。朱尔旦起身说道："我是死期要到了吗？我昨晚冒犯了您，现在您是来要我的命了吗？"

大胡子判官笑着说道："不是，昨天你盛情邀约，正好我今晚有空，特意来赴约。"朱尔旦大喜，拉住判官入座，亲自清洗酒杯碗筷，生火温酒。判官说道："现在天气暖和，我们喝冷酒就可以了。"朱尔旦依判官所言，将酒放在桌子上，吩咐人赶紧去准备食物。

朱尔旦的妻子听说这件事后非常害怕，劝说朱尔旦不要出去。朱尔旦并不听从，拿着酒水物品走了出去。推杯换盏之后，朱尔旦询问判官的姓名。判官说道："我姓陆，并没有具体的名字。"朱尔旦与陆判谈论历史文学，陆判反应敏捷，对答如流。朱尔旦又问道："您是否精通时下的八股文？"陆判答道："倒也能分清文章好坏。阴间的文章与阳间的文章，并没有很大的区别。"

陆判酒量很大，一口气喝了十觥。朱尔旦因为已经喝了一整日的酒，不知不觉间就醉倒了，伏在案几上陷入昏睡。等他醒来的时候，陆判已经离去了。从此以后，每隔两三天陆判就会过来与朱尔旦同饮，两人感情日益深厚，醉酒后就同榻而眠。朱尔旦将自己的文章拿给陆判指点，陆判用红笔勾勒点评，都说作得不好。

这天，朱尔旦喝醉了先行睡下，陆判则在旁边自斟自饮。迷迷糊糊间，朱尔旦感觉自己五脏六腑一阵疼痛，睁眼一看，就看到陆判坐在床前，正剖开他的胸腹，整理他的肠胃。朱尔旦愕然道："我与您一向无冤无仇，为什么要杀害我？"陆判笑着说道："你不要害怕。我这是在替你换一颗聪慧的心脏。"边说边从容地将朱尔旦的肠胃一一放回胸腹之中，又将伤口归拢，用裹布将其腰身缠绕起来。

处理完后，床榻上没有丝毫血迹，朱尔旦只觉得腰间有些麻木。陆判将一块肉放在桌子上，朱尔旦问这是什么，陆判答道："这是你的心。你文思不敏捷，我就知道你的心窍不通。我在阴间的万千心脏中选取了这一颗好的，拿来给你换上。再把你这颗心留着，用来补上阴间数量的缺。"说完，陆判起身，关上门离开了。

等到天亮，朱尔旦解开裹布，发现伤口已经愈合，只有一道细细的红线痕迹。从此以后，朱尔旦写文章进步飞快，读书也过目不忘。

几天后，朱尔旦拿自己新写的文章给陆判看。陆判评价道："还可以。只是你福薄，不能大富大贵，只能通过科试、乡试，中个举人。"朱尔旦问道："那我什么时候能中举呢？"陆判答道："今年一定能够夺魁。"

果然，不久之后，朱尔旦以第一名的名次通过了科试，之后乡试也名列第一，成功中举。文社的友人一向看不起朱尔旦，读了朱尔旦的中举文章后都很惊讶，仔细询问朱尔旦其中缘由，才知道有陆判换心这样一桩奇事。于是，众人都请朱尔旦代为疏通关系，想与陆判结交。

朱尔旦转达了友人的意思，陆判答应了。众人准备了丰盛的酒席宴请陆判。一更时分，陆判如约而至。他红色的胡须随风飘动，双目炯炯有神，精光闪烁。书生们顿时吓得面容发白，口齿发抖，全都逃走了。

于是，朱尔旦就拉着陆判回到自己家饮酒，醺醺然之际，朱尔旦问道："之前您为我洗涤肠胃，已经带给了我很多好处。但我现在还有一件烦心事，不知道您能不能帮我？"陆判就让朱尔旦如实说来。

朱尔旦说道："我的妻子，身材是不错的，但是长相并不好。我想请您改变一下她的容貌，可以吗？"陆判笑了笑，说道："行，我想想办法。"

过了几天，陆判夜间敲门，朱尔旦急忙起身将陆判迎了进来。只见陆判衣服里裹着一样东西，朱尔旦问陆判这是何物，陆判说道："你那天拜托我的事情，很难找到合适的机会。刚才正好得了一颗美人的头颅，特意来满足你的心愿。"

朱尔旦拨开衣服一看，里面赫然是一颗人头，颈间鲜血淋漓。陆判催促快些进入宅子，免得惊动鸡犬。朱尔旦担心内宅已经落锁，陆判走了过去，用手轻轻一推，门竟自动开了。

朱尔旦带着陆判进了卧室，见妻子正侧着身子睡觉。陆判将头颅递给朱尔旦，自己从靴子中取出一把雪亮的匕首，将朱夫人的头颅像切豆腐一样切下，朱夫人的头颅登时落在枕边。陆判迅速地从朱尔旦手上拿回美人头颅，合在朱夫人的颈上，仔细对好之后用力按压合紧。接着，陆判将枕头塞在朱夫人肩下，吩咐朱尔旦赶紧将朱夫人的头颅找一处偏僻的地方埋下，便离开了。

朱夫人一觉醒来，觉得颈部微微发麻，脸上也分外干燥，用手一搓竟然搓了一些血块下来。朱夫人大惊失色，急忙让丫鬟打水来清洗。丫鬟看到朱夫人脸上的血迹，很害怕，给朱夫人清洗的水也都被染红了。再看朱夫人，已经面目全非，丫鬟更加害怕。朱夫人照了照镜子，迷惑不解。这时，朱尔旦进来，将换头一事告诉了朱夫人。

朱尔旦认真查看朱夫人的头颅，只见她眉入鬓角，梨窝一双，如同画中美人一般。解开衣领细细观察，发现朱夫人脖子上有一圈红线，红线上下的肤色截然不同。

此前，吴侍御有一个女儿，长得极为美丽，但是还未出嫁，两任未婚夫先后去世。所以，直到十九岁吴小姐还待字闺中。元宵节这天，吴小姐去十王殿游玩，当时杂人众多，一个无赖看到了吴小姐的美貌，就暗中打听到吴小姐的住处。夜里，无赖爬上梯子，进入了吴小姐的卧室，将吴小姐的婢女杀害，逼迫吴小姐与他淫乱。吴小姐大声呼救，无赖一怒之下将吴小姐头颅砍下。

吴夫人隐隐间听到喧哗声，就派丫鬟前去查看。丫鬟看到二人的尸体，惊骇欲绝。吴家一家人都被惊动，他们将吴小姐的尸体停放在客堂，头颅放在脖子旁边。吴家人哭泣不止，整夜不曾停歇。

第二天，吴家人拉开盖布，发现吴小姐的头颅竟不翼而飞。吴夫人将侍女们鞭打了一遍，责骂她们没有看好尸首，怀疑女儿的头颅被狗吃了。吴侍御将凶杀案告到郡里，郡守限期三个月内抓到贼子，可三个月后仍一无所获。

有人将朱尔旦夫人换头这件事告诉了吴侍御，吴侍御心中疑虑，就派家中仆妇前去查看。仆妇去了朱家，看到朱夫人，吓得急忙回府，告诉大家吴小姐还活着。

吴侍御看着女儿的尸身，惊疑不定。吴侍御猜想，一定是朱尔旦用了妖术杀害了自己的女儿，就去质问朱尔旦。朱尔旦对吴侍御说道："我妻子夜间梦到自己被换了头颅，但不知道是什么原因。如果说是我杀害了你的女儿，那实在是太冤枉了。"

吴侍御并不相信朱尔旦的说法，状告朱尔旦。衙门对朱家的

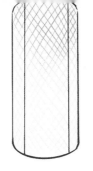
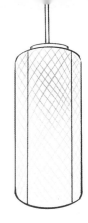

仆人进行审问，仆人的口供和朱尔旦说的一样，郡守也很疑惑，不能结案。朱尔旦回家之后，向陆判请教该如何解决这件事情。陆判说道："这不难。让他们的女儿自己回去讲清楚就可以。"

这天晚上，吴侍御梦见了自己女儿，她说道："我是被苏溪人杨大年所杀，和朱尔旦没有关系。他不喜欢他妻子的相貌，陆判就将我的头颅换给了他的妻子，所以女儿身体死了，头却还活着。您千万不要仇恨朱尔旦。"

吴侍御醒后，将梦中女儿说的话告诉了妻子，才知道妻子也做了相同的梦。吴侍御将梦中得知的消息告知了郡守，郡守一问，苏溪果然有一个叫作杨大年的人。郡守派人将杨大年抓来，杨大年供认了自己的罪行。之后，吴侍御去了朱尔旦家，请求见一见朱夫人，此后以翁婿相称，又将朱夫人原本的头颅和女儿的尸身一同安葬。

朱尔旦三次参加会试，都因为违反考规被逐出，从此以后灰心丧气，不再追逐功名。就这样，三十年过去了。这天，陆判对朱尔旦说道："你的阳寿要尽了。"朱尔旦问陆判，自己的死期是什么时候。陆判告诉他，还有五天。朱尔旦又问道："还有得救吗？"陆判回道："人的寿命是上天决定的，哪里能私自改变。那些豁达的人都视死如生，何必以活着为乐，以死为悲呢？"

朱尔旦认为陆判说得有理，当即就去安排自己的后事，置办棺材寿衣。一切准备到位，朱尔旦穿着盛大齐整的衣服去世了。第二天，朱夫人正扶灵痛哭，却看到朱尔旦从外面施施然走了进来。朱夫人感到很恐惧，朱尔旦说道："我现在是鬼，和活着的时候没什么区别。考虑到你们孤儿寡母，我实在是舍不得。"朱夫人伤心大哭，朱尔旦温言安慰。

朱夫人说道："古代就有还魂的说法，你既然有灵魂，为什么不复生呢？"朱尔旦答道："天命不可违。"又说道，"陆判推荐我主管文书，我现在有官爵在身，也不受苦。"朱夫人正准备说话，朱尔旦说道："陆判与我一同前来，你快去准备酒水食物。"说完，快步走了出去。

朱夫人备好酒菜，只听屋内传来丈夫与陆判高谈阔论的声音，和丈夫活着的时候一样。夜里，朱夫人偷看室内，里面已经没有人影了。从此以后，朱尔旦三四日就回家一次，有时候也会留宿家中，与朱夫人温存，经营家中生计。

朱尔旦的儿子朱玮才五岁，朱尔旦回家总将他搂在怀中。到了朱玮七八岁，朱尔旦就在灯下教他读书识字。朱玮也很聪明，九岁就能写出文章，十五岁时考中了秀才。直到这时，朱玮都不知道自己的父亲已经去世。

朱玮考中后，朱尔旦回家的次数渐渐少了，一个月才回来一次。一天夜里，朱尔旦和朱夫人说道："从今以后，要和你永别了。"朱夫人问他要去哪里，朱尔旦回道："我奉天帝的命令，前去担任西岳太华卿，即将远行赴任。我事务繁多，加上路途遥远，就不回来了。"

朱夫人母子拉着朱尔旦痛哭，朱尔旦说道："不要这样，儿子现在已经长大，家境也还过得去。这世间哪有百年不散的夫妻呢？"又对着儿子说道，"你要好好做人，要读书科考。十年后，我们会有一次相见。"说完，朱尔旦就出门离去，从此绝迹。

朱玮二十五岁这年，考取进士，担任行人官。这年，朱玮奉旨祭祀西岳。途经华阴时，忽然见一辆华盖车向自己的仪仗队冲了过来。朱玮很惊讶，细看车中人，竟是自己的父亲朱尔旦！朱玮急忙下马跪伏在路边，哭泣连连。朱尔旦说道："你的官声很好，我也瞑目了。"朱玮伏地不起。

朱尔旦催促随从赶路，走了没几步，他解下自己的佩刀让人交给朱玮，并在远处对朱玮说道："佩戴这把刀，能够让你富贵。"朱玮追着父亲跑去，可是父亲的车马飘忽如风，瞬间就消失了。朱玮悲伤懊悔了很久。

朱玮拔出佩刀，只见佩刀制作精良，刀上还刻着一行字，写着：胆欲大而心欲小，智欲圆而行欲方。意思是：胆要大而心要细，思维要圆通而行为要端方。后来，朱玮官至司马，生了五个儿子，分别取名为朱沉、朱潜、朱沕、朱浑、朱深。一天晚上，朱玮梦见了父亲，父亲说道："佩刀传给朱浑最合适。"朱玮便遵从父亲的吩咐，将佩刀传给了朱浑。后来，朱浑官至总宪，颇有政绩。

小倩

倩女幽魂以身相许

宁采臣，浙江人，为人性情慷慨豪爽，品性端庄。他常对别人说："我这辈子除了妻子，不要别的女人。"

这天，宁采臣前往金华，在北城外的一座寺庙中放下行李休息。这寺庙殿宇和宝塔都很壮丽，但是野草遍地，看上去没有人迹。东西两侧的禅房，门都虚掩着，只有南面一间小房间，门锁看上去是新的。

大殿东边，有粗壮的竹子，台阶下方有一处大池塘，上面开满了野荷。宁采臣很喜欢这里的幽静，想到这次的主考官来了金华，城中住宿昂贵，就决定住在寺庙中。宁采臣在庙中散步，等候和尚回来。

太阳落山，又有一个书生进庙，打开了南边的门。宁采臣过去与他打招呼，告诉他自己想住在此地。书生告诉他："这个地方没有人管，我也是临时住在这里。你如果不嫌弃这里荒芜冷落，当然可以住下，这样我还能日夜向你请教学问。"宁采臣很高兴，用稻草铺了床，支起木板当桌子，准备住上一阵。

这天夜里，月色明亮皎洁，清光似水。宁采臣与这书生聊天，书生说："我姓燕，名赤霞。"宁采臣猜想，燕赤霞应该也是前来应考的士子，但听他口音不像浙江本地人，于是询问燕赤霞的户籍。燕赤霞答道："我是陕西人。"燕赤霞说话诚恳朴实，很快二人就没有什么可聊的了，道别后各自回房睡觉。

宁采臣因为新到此处，夜里久久不能安睡。忽然，北边屋子传来一阵细微的声音，好像有人在住。宁采臣起身，站在北墙窗外偷看。

只见矮墙外有一个小院子，院中有一个四十岁左右的妇女，一个老婆婆。老婆婆穿着褪了色的红色衣裳，头上插着银梳，驼着背，老态龙钟。老婆婆与妇人聊天。妇人问道："小倩怎么还不来？"老婆婆说："就快要来了。"

妇人说道："小倩是不是在你跟前抱怨了？"老婆婆说："没有，但是她的神色不太高兴。"妇人说道："小倩这个人，不能对她太客气！"话还没说完，就有一个十六七岁的姑娘走了过来，长得十分娇丽。

老婆婆笑道："看来不能在背后说人，我们正说你呢，你这个小妖精悄无声息地就来了，幸好我们没说你坏话。"老婆婆接着说道："姑娘长得就像画里的美人一样，老身我如果是男子，魂都怕要被你勾走。"

美貌姑娘说道："要是连姥姥你都不夸我，谁还会说我好。"然后又与中年妇人说了些悄悄话。宁采臣猜想，她们应该都是邻居的家属，就回屋睡觉不再偷听。过了好一会儿，隔壁才安静下来。

宁采臣正要入睡，忽然感知到有人进了屋，急忙起身。来人却是隔壁院子里的美貌姑娘。宁采臣非常吃惊，问她为什么进自己的房间，姑娘笑嘻嘻地说道："月夜睡不着，愿意和郎君你共度良宵。"

宁采臣正色道："姑娘你要提防别人的议论，我也畏惧他人的流言。你如果这么做了，就是丧尽廉耻、道德败坏。"

姑娘说道："现在是夜里，没有人知道的。"宁采臣又厉声呵斥。姑娘徘徊着不肯离去，一副欲语还休的样子，宁采臣大声道："快走！不然我就叫我隔壁的书生过来了。"

姑娘心生惧意，就退了出去。刚走到门外，又拿出一镒黄金放在宁采臣的被褥上，宁采臣马上拿起黄金扔了出去，说道："这是不义之财，会玷污我的行李！"姑娘感到惭愧，捡起金子自言自语道："这个男人真是铁石心肠。"

第二天清晨，来了一个从兰溪县来赶考的书生，和他的仆人寄宿在庙中南厢房。夜间，书生突然死去。书生脚底有一个小孔，像是被锥子刺伤的，有细细的血从孔里流出，大家都不知道这是怎么回事。过了一晚，书生的仆人也死去，死状与书生一样。傍晚，燕赤霞回到庙中，宁采臣向燕赤霞请教对于此事的看法，燕赤霞认为是有鬼魅作怪。宁采臣素来正直，没将燕赤霞的话放在心上。

这天夜里，北院的美貌女子又来寻找宁采臣，说道："我见过许多人，但没有一个像您一样刚直的。您是圣贤之人，我不敢欺骗您。我的名字叫作聂小倩，十八岁的时候就死了，葬在寺庙南边，一直被妖物威胁做些下贱的事情。我虽然笑着诱惑他人，但我心中是不愿意的。现在寺庙中已没有其他人可以害，妖怪恐怕会让夜叉来伤害您。"宁采臣非常震惊，向小倩问计。小倩说道："你与燕赤霞住在一起，就可以免除灾祸。"

宁采臣问小倩："你为什么不去引诱燕赤霞呢？"小倩答道："他是个奇人，我不敢接近他。"宁采臣又问道："你是怎样诱惑别人的？"小倩如实说道："贪图我美色的人，我就用锥子刺他们的足底，他们就会意识迷糊，我就把他们的血抽给妖怪喝。贪图黄金的人，会留下黄金。那黄金并不是真正的黄金，而是罗刹鬼的骨头，谁留着它，罗刹鬼就会割掉谁的心肝。美色和黄金，都是用来投人所好的。"

宁采臣感激小倩如实相告，询问小倩自己要在什么时候防备，小倩告诉他是明晚。临别之际，小倩哭着说道："我堕入苦海，无法上岸。先生您豪气干云，一定能将我救出苦海。如果您愿意收容我的尸骨，将我葬在安全的地方，您对我就是再生之恩。"宁采臣毅然答应，问小倩的尸骨葬在哪里，小倩说："你只要记住，有乌鸦巢的白杨树就行。"说完，就离开了，身影消失在夜色中。

第二天，宁采臣担心燕赤霞出门不回，一大早就去将燕赤霞邀请过来。他置办好了酒水菜肴，暗中观察燕赤霞有什么特别之处。宁采臣与燕赤霞商量晚上一起过夜，燕赤霞以自己性格孤僻为由拒绝了。宁采臣不管不顾，带着自己的被褥强行进入了燕赤霞房间，燕赤霞迫不得已，只好挪动床铺迁就他。燕赤霞说道："我知道你是大丈夫，对你很敬仰。但是有些话我还是要先说清楚，我希望你不要看我的箱子和包袱，否则出了事，对你我都不好。"宁采臣恭谨地答应了。

宁采臣与燕赤霞各自安寝，燕赤霞将自己的箱子和包袱放在窗台上，躺下没多久就鼾声如雷。宁采臣睡不着，大约一更时分，窗外隐隐约约有人影出现，人影靠近窗户向内窥探，目光闪烁。宁采臣心中害怕，正准备叫醒燕赤霞，就看到箱子中有一件物品飞出，闪亮如同白绢，它撞断了窗间石棂向外射去，而后自动回到箱中。

　　燕赤霞察觉到变故，起身查看。宁采臣躺在床上，装作熟睡的样子，暗中偷看。只见燕赤霞端着箱子检查，从箱子中拿出了一件东西，对着月亮又闻又看。那东西晶莹洁白，长约两寸，宽度如同韭菜。燕赤霞用布将这东西一层层包好，放入箱中，自言自语道："这是个什么老妖怪，胆子不小，竟然弄坏了我的箱子。"说完就躺回去继续睡觉。

　　宁采臣实在是好奇，就起身问燕赤霞这是怎么回事，将自己看到的一切都告诉了他。燕赤霞说道："既然你都已经看到了，我也不瞒你了。我是个剑客，刚才如果没有窗户间的石棂，那妖怪就已经死了。即便如此，它也受了伤。"

　　宁采臣问道："你刚刚包起来的，是什么东西？"燕赤霞答道："是剑。我刚刚在剑身上，闻到了妖气。"宁采臣想要看一看宝剑，燕赤霞爽快地拿了出来，当真是把寒光凛冽的剑。由此，宁采臣对燕赤霞更加敬重。

　　第二天，宁采臣看到窗户外面有血迹。他走出寺庙，来到北边，只见荒坟累累，一棵白杨树生长在此，乌鸦在白杨树上筑了巢。宁采臣做好了迁葬的准备，打算回家。燕赤霞设宴为他送行，情深义重。燕赤霞送给宁采臣一只破破烂烂的皮袋，说道："这是我的剑袋，你好好珍藏，它可以保护你不受鬼魅侵害。"宁采

臣想和燕赤霞学习剑术，燕赤霞说："你是个讲信义的人，有资格学习剑术，但是你命中注定荣华富贵，并非我道中人。"

宁采臣借口自己的妹妹葬在寺院后面，挖出了小倩的尸骨，用袋子装好，雇了船回到家中。

宁采臣的书房在郊外，他就在这附近立了一座新墓，将小倩的尸骨葬下，还放置了供品。宁采臣祝祷道："你魂魄无依，太可怜了。我就将你葬在我书房附近，这样有什么动静我也能知道，你应该不会再受恶鬼的欺凌了。我为你奉上一杯水酒，不是什么琼浆玉液，希望你不要见怪。"

说完宁采臣就准备离开。忽然，身后面传来声音："公子等等我，我与你一同回去！"回头一看，正是小倩。小倩欢喜地感谢道："承蒙郎君仗义，让我脱离苦海，我就算死十次也不能报答您的恩情。希望您能带我回去，拜见您的父母，无论是做您的妾室还是仆人，我都无怨无悔。"宁采臣认真看着小倩，见她脸若红霞，身材纤细，白天看着更是娇艳无双，便将小倩带回家中。

到了家中，宁采臣让小倩先休息，自己则进屋禀告母亲。宁母十分惊讶，因为宁采臣的妻子已经病了很久，宁母便叮嘱宁采臣，千万不要在妻子面前提起这件事，免得她受惊。二人正商量着，小倩就款款走进来了，拜倒在地。宁采臣介绍道："这就是小倩。"宁母看着小倩，十分惊慌。小倩对宁母说道："我飘然一身，也没有父母兄弟。承蒙公子恩泽，我愿意洒扫庭除，服侍公子一辈子，报答公子的高义。"

宁母见小倩长相可爱，才敢与她说话："小娘子你愿意照顾我儿子，我是很高兴的。但我只有这么一个儿子，还指望他传宗接代，我实在不敢让他娶一个鬼。"小倩说道："我对公子没有丝毫恶意，我是一个已死之人，既然您不信任我，我愿意将公子当作哥哥，留在母亲身边侍奉，您看怎么样？"宁母看她语气诚恳，就同意了。

小倩当即就要去拜见宁采臣的妻子，宁母以宁妻生病为由阻止了。小倩就进了厨房，替宁母煮饭烧菜，穿门入室，自然得如同久居此地一般。

天黑后，宁母心中害怕，催促小倩睡觉却没有给小倩安排床铺。小倩察觉到宁母的心意，就自行返回。路过宁采臣的书房，小倩想进门又退了回去，在门外徘徊，像是惧怕什么。宁采臣看到小倩，和她打招呼。小倩说道："你房中有剑气，很吓人。我前几天路上不敢出来，就是这个原因。"宁采臣明白，那是燕赤霞送的剑袋的缘故，就将剑袋取下，挂到了别的房间。

于是，小倩进了书房，靠着烛台坐下，很久都不说一句话。又过了好一会儿，小倩问道："您晚上读书吗？我小时候念过《楞严经》，现在已经忘记大半了。请您借一卷给我，我夜里有空的时候读一读，有什么不明白的地方，还请哥哥多多指教。"宁采臣答应了。

小倩继续坐在那里，沉默不语，二更过了，都不提离去。宁采臣催促她回去休息，小倩愁着脸说道："孤魂野鬼，都害怕野外的荒坟。"宁采臣道："书斋里也没别的地方可以给你休息，再说我们现在是兄妹，应该避嫌。"小倩只能起身，皱着眉头一副快哭出来的样子，勉强提起脚，无精打采地走了。宁采臣心中可怜小倩，想让小倩在别的床铺休息，但害怕母亲责怪。

小倩每天早上都去给宁母请安，端水侍奉她梳洗，努力操持家务，争取每件事都能让宁母满意。到了黄昏，小倩就告辞离去。

她总是去宁采臣的书房，就着烛火念经。等到宁采臣快休息了，她才凄然离去。

宁采臣的妻子久病缠身，什么事情都做不了。小倩来之前，宁采臣的母亲很劳累。自从小倩来了，她就放松下来，心中对小倩很感激。渐渐地，宁母与小倩熟悉起来，对待小倩如同自己亲生女儿一般，也忘记她是个鬼。晚上，宁母也不再让小倩回去，而是让小倩和她睡在一起。

小倩刚来宁家时，什么东西都不吃。半年后开始喝一点稀粥。宁采臣母子二人都很喜爱小倩，忌讳别人说她是鬼，外人也分辨不清小倩是人是鬼。没过多久，宁采臣的妻子过世。宁母有让宁采臣娶小倩的意向，但又怕对儿子不利。

小倩知道宁母的意思，找了机会告诉宁母："我到宁家已经一年多了，您也应该了解我的心了。因为不想伤害他人，我才跟随公子来到这里。我也没有其他的意思，只是因为公子光明磊落，天与人都钦佩他。实话说，我也有自己的私心。我想侍奉公子三年五载，将来公子有了功名，我也好沾点光，在阴间也能扬眉吐气。"

宁母说道："我当然知道你没有恶意。只是担心你的身份不能生育子嗣。"小倩说道："子女多少，是上天注定的。宁郎是有福之人，将来会有三个儿子，子嗣的事情并不会因为娶了鬼妻而改变。"宁母相信了小倩的话，就与宁采臣商量。

宁采臣也很高兴，大摆筵席，向亲友们公布这件事情。亲友们都想见见宁采臣的新妻子，小倩打扮得漂漂亮亮地走了出来。小倩一出来，众人都看呆了，不怀疑她是鬼，反而觉得她是仙女，争相赠送礼物给她，与她结交。小倩擅长画兰花、梅花，就用自

己的画来答谢亲友。得到小倩画的人都感到荣幸，将画珍藏。

　　一天，小倩靠在床前，精神恍惚。小倩问宁采臣："当初燕赤霞赠送给你的剑袋在哪里？"宁采臣说道："因为你害怕它，我就将它包起来放在别的地方了。"小倩说："我接触活人的气息很久了，应该已经不害怕剑袋了。还是将剑袋拿来放在床头吧。"宁采臣问小倩怎么回事，小倩答道："这三天来，我一直心惊肉跳，我估计是金华的那个妖怪恨我远逃，怕是晚上就要找过来了。"

　　于是宁采臣将剑袋拿了过来。小倩认真看着剑袋，说道："这是剑仙用来装人头的袋子。这袋子这么破了，也不知道他到底杀了多少人。我现在看着这个布袋，也战战兢兢的。"说完，就将剑袋挂在床头。第二天，又将剑袋挂在了门上。

　　晚上，小倩坐在烛台旁边，忽然看见一个飞鸟模样的东西闯入。小倩急忙躲在帘子背后，宁采臣出来一看，那东西是夜叉的模样，目光如电，舌头带血，凶恶地向人扑了过来。到了门口，夜叉停了下来，犹豫不决，它渐渐靠近剑袋，伸出爪子去摘取。忽然，剑袋发出声音，变得和箩筐一样大，恍惚间一个精灵从袋中钻出，一把抓住夜叉将它揪进袋中，而后声音渐小，剑袋也变成了最初的大小。宁采臣惊骇不已，这时小倩走了出来，说道："没事了！"再看剑袋，里面不过是些清水罢了。

罗刹海市

少年的奇幻漂流

马骥，字龙媒，是商人的儿子。他风姿优雅倜傥，喜好歌舞，常常混迹在梨园子弟之中，用锦帕将头缠起来扮演美貌女子，所以大家给他取了一个外号叫"俊人"。

十四岁那年，马骥进入郡府学堂念书，小有名气。马骥的父亲已经年迈，不再外出做生意，在家中养老。马父对儿子说道："几本书，饿了不能煮来吃，冷了不能当衣服穿，儿子你还是继承我的事业去做生意吧。"于是马骥就开始和父亲学做生意。

马骥和人一起去海外做生意，途中遇到了飓风，船被刮走，漫无目的地漂流了几天几夜，停在了一个大城。当地的人都丑陋无比，看到马骥来了，都将马骥当作妖怪，大叫着逃走。马骥一开始看见这些人，还感到害怕，现在知道这些人害怕自己，就反过来欺负当地人。遇见有人在外吃东西，马骥就赶紧走过去将人吓跑，他就顺势享用别人剩下的食物。

过了一段时间，马骥进入了一个山村。村中人的长相和普通人比较相似，只不过衣着破烂如乞丐。马骥将马系在树下，村里人不敢上前，只远远地看着他。观察了很久，村中人觉得马骥不是吃人怪物，慢慢接近马骥。马骥笑着和村民聊天，语言虽然不太一样，但也勉强可以沟通。

马骥向村民说了自己的来处，村民很高兴，四处宣传客人并不是吃人怪物。但村中那些长得奇丑无比的人还是远远地看着马骥，不敢上前。来和马骥说话的人，口鼻的位置，都和中国人大致相同，他们都拿着酒水食物来慰劳马骥。

马骥问他们，为什么看见自己会害怕。一个村人回答道："我们祖上曾经说过，在西边离我们两万六千里的地方，有一个叫中国的国家，那里的人长得非常奇怪。以前只是传说，现在真正见到了我才相信。"

马骥又问村民，为什么如此贫困。村人答道："我们国家所重视的，不是文章学问，而是形体容貌。那些长得最美的人，可以当上卿；长得次一点的，可以当地方官；再次一点的，也可以得到贵人家族的赏赐，娶妻生子。像我们这样的人，生下来就被视为不祥，往往会被遗弃。那些没有被遗弃的，也只是因为父母指望他传宗接代。"

马骥问道："这里是什么国家？"村人答道："是大罗刹国，都城就在城北三十里。"马骥就请村民带他去参观。天还没亮，村民就带着马骥出发了。等到天色大亮，他们就抵达了国都。这里的城墙用黑色的石头垒成，漆黑如墨；宫殿城池有百尺之高，但是没什么瓦，而是用红石覆盖。人们会用地上的红石碎块来磨指甲。

恰逢宫中散朝，有大官乘着轿子出来，村民指着轿中人说道："这就是相国。"看这相国的长相，耳朵从背上生出，有三个鼻孔，睫毛像帘幕一样将脸盖住。过了一会儿，又一个官员骑着马出来，村民介绍道："这是大夫。"村民给马骥介绍了依次出来的官员，这些人全都面目狰狞，长相怪异。可以看出来，长得越正常的人官职越低。

过了一会儿，马骥准备离开。街上的人看到了马骥，尖叫着四散奔逃，如同见到怪物。村民们纷纷对路人解释，这些人才敢停下来远远观望。就这样，全国都知道村里来了一个奇怪的人，那些权贵官员都想见一见马骥，就通过村民邀请了马骥。马骥每到一户人家，守门人都紧闭大门，男人女人则透过门缝看他，边看边议论。一天下来，没有一户人家敢将他请进家中。

　　村民对马骥说："有一个执戟郎，曾经奉先王的命令出使其他国家，他见多识广，或许不会惧怕你。"于是马骥登门拜访。到了执戟郎家中，他果然大喜，将马骥作为贵客对待。执戟郎看上去八九十岁，眼睛突出，胡须卷得如同刺猬。

　　执戟郎说道："我以前奉先王的命令出使外国，但从未去过中国。现在我已经一百二十多岁了，才见到了你们上国人物，这是件大事，必须禀告给天子知道。我退休以后，已经十几年没有上朝了，明天我就为你去上朝。"

　　随后，执戟郎设下酒宴招待马骥，各自入席。酒过三巡，执戟郎唤了十几个歌女出来，轮番表演歌舞。这些歌女个个长得如同夜叉，都用白锦缠着自己的头，穿着拖地的红衣。她们唱的歌词很难听清，音调也很诡异。执戟郎看了表演很高兴，问道："中国也有这样的音乐吗？"马骥答道："有的。"

　　于是，执戟郎请马骥试着唱一唱。马骥拍着桌子唱了一曲，执戟郎听后高兴地说道："真是奇妙！你的歌声如同凤鸣龙啸，我从来没有听过。"

　　第二天，执戟郎上朝，将马骥的事情禀告了国王，国王欣然下旨，宣见马骥。朝中的一些官员，大肆形容了马骥的样子，担心马骥吓到国王，国王就取消了传召。执戟郎出宫告诉马骥，为他感到惋惜。

过了一段时间，马骥又和执戟郎一起喝酒。马骥有些醉了，就将脸扮成张飞的样子舞剑。执戟郎认为马骥现在的样子很好看，说道："你就用现在的样子去拜见相国，一定能得到高官厚禄。"马骥笑道："我这个打扮，唱唱戏还可以，怎么可以改头换面去换取荣华富贵呢？"执戟郎再三要求，马骥就答应了。

这天，执戟郎设下宴席，邀请朝中大臣前来，让马骥打扮好等候。没过一会儿，客人们都到了，执戟郎叫马骥出来，官员们都很惊讶，说道："奇怪了，怎么之前这么丑陋，现在这么好看呢？"于是纷纷与马骥饮酒结交。马骥翩翩起舞，唱了一套弋阳曲，众人都为之倾倒。第二天，就有很多官员上书给国王推荐马骥，国王很高兴，派出仪仗出宫宣召马骥。

马骥见了国王，国王向他询问中国是如何治国安邦的，马骥如实相告，国王听了后大为赞叹，赐了酒席。席间，国王问道："我听说你擅长舞乐，能不能让我欣赏一下？"马骥立即起舞，效仿当地人用白锦缠头，唱起了靡靡之音。国王很高兴，当天就封马骥做了下大夫。国王时常私下宴请马骥，对他的恩宠不同寻常。

久而久之，官员们都知道了马骥的样子是打扮出来的，常常交头接耳，与马骥渐渐疏远。马骥觉得被孤立，心中不安，上书请求辞官，国王不允许。马骥又上书请求休假，国王给了他三个月的假期。

于是，马骥乘坐马车，带着赏赐的金银珠宝回到村中。村民跪在路旁迎接马骥，马骥将财物赠送给村中与他交好的人，众人一片欢声笑语。村民说道："我们这些小百姓，竟然也能受到大夫的赏赐。明天去海市，我们要拿些金银珠宝来回报大夫。"

马骥好奇道："海市是什么？"村民答道："海市就是海上的集市，到时候四海的鲛人会带着财宝前来，四方十二国的人也会来做买卖。其间还会有很多神人来游玩。海市开启的时候，云霞满天，风波涌动。权贵人家贪生怕死，不敢冒险前去，就给我们金银钱币，代为购买奇珍异宝。很快，海市就要开启了。"

马骥问村民，如何知道海市何时开启，村民们说："每当红色的大鸟出现在海上，七天之后海市就会开启。"马骥打听了出发的日子，准备和村民们一起去海市，村民们劝告马骥保重自身，马骥说道："我本来就是漂洋过海做买卖的人，怎么会畏惧风浪？"

不久，果然有人送来金银钱币，委托村民代为购买珍宝。马骥和村民将钱搬运上船。这船大概可以容纳十个人，平底高栏，由十个人负责摇橹，速度很快。大约走了三天，水天相接的地方有楼台殿宇出现，重重叠叠。来这里做生意的船只，多如蚂蚁。过了一会儿，船就到了城下。城墙的砖块和人一样高，楼台高耸入云。

系好船只上岸，只见这里陈列售卖的物品，都是奇珍异宝，光彩夺目，世间少有。忽然，一位少年郎骑马入城，路上的人纷纷回避，说是东海三太子到了。三太子见到马骥，说道："这不是外邦人。"就派遣手下来询问马骥的籍贯，马骥在路边作揖行礼，告知了自己的出身来处。

三太子听后很高兴，说道："承蒙你的光临，缘分不浅！"说完，给了马骥一匹马，邀请马骥与他并肩而行。

出了西城，到了海边，马骥身下的坐骑嘶鸣着跃入水中，马骥大惊失色，叫出声来。只见海水自动向两边分开，如同高墙屹立。一座宫殿出现在马骥面前，这宫殿以玳瑁作为横梁，以白色鳞片

作瓦，四面光洁明亮令人目眩。原来是龙宫。

马骥下马入宫，抬头就见到了端坐在上方的龙王。三太子上前说道："儿子在市集游逛的时候，遇见了一位来自中国的贤人，特意带他来参拜大王。"马骥急忙伏身拜见。龙王说道："先生你是有文化的人，想来文采一定超过了屈原、宋玉，我想请你写一篇《海市赋》，希望你不要吝啬你的才华。"马骥接受了命令。

龙王命人端来一应用品。只见砚台是由水晶制成，毛笔是用龙鬣制成，纸张洁白如雪，墨香芬芳如兰。马骥很快就写了千余字的长文，献给龙王。龙王看了后大为赞赏，说道："先生大才，这篇文章可以为我们水国增光不少！"于是召集龙族，在采霞宫设宴款待马骥。

酒过三巡，龙王端着酒说道："我有一个疼爱的女儿，还没有嫁人，愿意将她许配给先生。不知道你愿不愿意？"马骥感激地答应了。龙王对着左右吩咐了几句，没一会儿，一群宫女簇拥着公主走了出来。

公主出来时，环佩叮咚作响，鼓乐大作。马骥偷偷望去，只见她和仙子一样美丽。公主拜见完龙王就回宫了。酒席散去，宫女挑着宫灯，带马骥进入一座宫殿。公主浓妆艳抹，坐在床上等候他。床是珊瑚床，装饰着各种珍宝，帷幕流苏都点缀着斗大的夜明珠，被褥也都香软舒适。

第二天天一亮，侍女们就进来侍奉。马骥起床后，立即入朝谢恩，被龙王封为驸马都尉，还将他写的《海市赋》送到四海。四海的龙王都特意派人来恭贺，争相与马骥结交。

马骥穿着锦绣衣裳，坐着青龙，前呼后拥，身后跟随着数十名全副武装的骑兵，骑兵们个个佩戴雕花弓箭，手执白色木杖，明晃晃一片，让街道都变得拥堵。还有人在马上弹筝，在车中吹箫，三天之内马骥就游遍了四海，"龙媒"的大名传遍四方。

龙宫有棵玉树，有一抱之粗，树干晶莹清澈，洁白如同琉璃。树心呈淡黄色，比手臂稍微细一点，树叶则和碧玉一样，有一钱的厚度，细碎绵密，树下有一片浓厚的树荫。马骥常与公主在树下吟诗作赋。玉树上开满了花，形状如同栀子，花瓣落在地上，发出金属的脆声。马骥捡起来看，觉得花瓣像是用红玛瑙制成，亮晶晶的很是可爱。

有时候，龙宫里会有异鸟飞来。这些异鸟有着绿色的羽毛，尾羽比身子还要长，叫声和凤箫的声音相似，凄婉哀怨，感人肺腑。

鸟叫声勾起了马骥对于故乡的思念，马骥对公主说："我离开家中已经三年了，和父母没有联系，每次想到这里我都很悲伤。你能不能和我一起回去呢？"公主说道："仙界和人世阻隔，我不能和你一起回去。我也不忍心因为我们的夫妻之情，不让你承欢父母膝下。让我想想办法吧。"马骥听到公主这么说，泪如雨下。公主叹息道："只恨不能两全其美。"

第二天，马骥外出归来，龙王对他说道："听说驸马思念故土，你明天就收拾好行李回去，可以吗？"马骥拜谢道："我一个客居他乡的孤臣，承蒙您的看重，您对我的恩情我就是结草衔环也要报答，这是我的真心话。请您允许我回家看望父母，我会想办法回来与你们团聚。"

晚间，公主设宴与马骥告别。马骥问公主何时才能重聚，公主说道："我们的缘分已经尽了。"马骥伤心不已，公主说道："你要回去侍奉你的父母，可以看出来你很孝顺。人生聚散离合，一百年和一朝一夕也没什么区别，何必像小儿女一样哭哭啼啼呢？从今以后，我为你恪守贞节，你为我遵守情义，即便我们分居两地也是心心相印，还是和夫妻一样，何必一定要长相厮守，才算白头偕老呢？如果违背了今天的约定，就不会有美满的婚姻。如果你需要人为你打理家事，可以将一个婢女收入房中。还有一件事得告诉你，我已经有了身孕。你离开之前，把孩子的名字取了才好。"

马骥说道："如果生的是女孩，就取名为龙宫；如果生的是男孩，就取名为福海。"

公主又向马骥索要信物，马骥将在罗刹国得到的赤玉莲花给了公主。公主说道："三年后的四月初八，你坐船到南岛，我会将孩子给你。"说完，公主拿出一个鱼皮袋交给马骥，袋子里装满了珠宝，公主说道："你保藏好这个袋子，里面的财物几代都享用不尽。"

第二天天刚亮，龙王设宴为马骥送行，赠送给他丰厚的礼物。马骥拜别出宫，公主乘着白羊车送他到了海边。马骥上岸，下马

与公主道别，公主说了声"珍重"就转身离开，顷刻间就走远了，海水归拢如初，公主的身影消失不见。马骥这才上路回家。

马骥出海后，家人都以为他已经死了，他回到家里家人都感到很惊诧。幸亏马骥的父母都还健在，只是他的妻子已经改嫁了。马骥这才明白公主说的遵守情义是什么意思，看来公主早就预知了这件事。马骥父亲想为他再娶一个妻子，马骥不肯答应，只将一个婢女收入房中。

马骥谨记和公主的三年之约，到了三年后四月初八这天，马骥乘坐小船来到南岛，只见两个小孩子浮坐在水面，正拍着水嬉戏玩耍，他们不移动位置，也不会沉入水中。马骥划船靠近他们，其中一个孩子拉着马骥的手臂，扑入怀中。另外一个小孩大哭起来，像是责怪马骥不伸手接他，马骥也将他拉了起来。

这两个孩子长得清秀可爱，头上戴着美玉制成的花冠，马骥当初赠送的赤玉莲花也在其中。孩子身上背着一个小包，马骥拆开查看，里面是公主写给他的信，信中写道：

"我猜想，公公婆婆应该都还健在。三年时间匆匆而过，仙界和人世永久隔绝，我们之间隔着大海，青鸟也无法传递消息，我心中幽怨不已。但我想到了奔月的嫦娥，孤寂地生活在月宫；又想到织女和牛郎，也隔着银河。和她们相比，我又算得上什么，我怎么能奢望和你永远在一起呢？想到这里，我就破涕为笑了。

"和你分别两月后，我生下了一对双胞胎。他们现在已经在学说话了，能听懂我的笑声和话语。他们看到吃的会伸手去抓，没有母亲也能长大，所以我将他们交托给你。你所赠送的赤玉莲花，我制成了发冠，可以当作凭信。你抱着孩子就像我陪在你身边一样。

"我得知你遵守当初的诺言，心里很安慰。我与你一样绝无二心，至死不渝。公公婆婆现在有了孙子孙女，却没见过我这个儿媳妇，从情理上说这是遗憾的。一年后婆婆会去世，到时我会前来送葬，尽儿媳的孝道。只要我们女儿健康成长，我们会有再见之日；只要我们儿子长在人间，总有互相来往的时候。希望你好好保重，纸短情长，说不尽我对你的情意。"

马骥反复看了好几遍，一边看一边擦泪。两个孩子搂着他的脖子，说道："回家！回家！"马骥听了后更加悲伤，抚摸着他们的头说道："你们知道家在哪里吗？"孩子们闻言大哭，咿咿呀呀地说要回家。马骥看着沧海茫茫，漫无边际，迷雾朦胧不见人影，烟波浩渺不知去路，只能抱着孩子怅然回家。

马骥知道母亲活不久了，就预先为母亲置办了丧仪用具，在母亲的墓旁种了百多棵松树和槚树。过了一年，马骥母亲去世。灵车到达墓地时，一个披麻戴孝的女子跪在墓旁，众人看到了都很惊异。忽然间，电闪雷鸣，一阵暴雨。转眼间女子已消失不见，墓旁那些枯死的松树这时却复活了。

福海年纪稍长，常常思念母亲。一天，福海跳入海中，几日后才返回。龙宫因为是女子，无法前往，只能躲在家中暗暗哭泣。这天天色昏暗，公主忽然到了马家，对女儿说道："你已经是大姑娘了，怎么还哭哭啼啼的？"又送给了龙宫一株八尺长的珊瑚、一袋龙脑、百颗明珠、一对八宝嵌金盒当作嫁妆。

马骥听到声音，冲进屋中，拉着公主的手哭泣不止。过了一会儿，一个惊雷打入屋中，公主就消失了。

小谢

两女鬼借尸还魂

陕西渭南，姜部郎的宅邸里多有鬼魅，常常出来迷惑别人，住在这里的人都搬走了，只留下一个老仆看门。不久后仆人也死了，后来接连换了几个仆人，也都死了。于是这处住宅就废弃了。

街坊中有一个人名叫陶望三，一向风流倜傥，喜欢狎妓，酒后总将妓女扔下离开。他有一个朋友，故意指使妓女去勾引他，陶望三笑着接受了，但整夜都不与妓女亲近。陶望三曾在姜部郎家中住过，夜里有一个婢女过来勾引他，陶望三坚决推辞，因为这件事姜部郎很器重他。

陶望三家境贫寒，妻子早逝，茅屋酷热难以居住，就向姜部郎请求住在废宅之中。姜部郎因为宅子过于凶厉，拒绝了陶望三。陶望三写了一篇《续无鬼论》献给姜部郎，说道："鬼又能拿我怎样？"姜部郎看他主意已定，就同意了。陶望三立即就去废宅打扫。傍晚，陶望三将书放在厅堂，转身去拿别的东西，再一回身，发现书消失了。陶望三很奇怪，仰躺在床上，屏气凝神，静观其变。

过了大概一顿饭的工夫，周围响起了脚步声。陶望三斜着眼看去，看到两个姑娘从房中走出，将刚刚消失的书放回桌面。这两个姑娘，一个二十岁左右，一个十七八岁，都很美丽。两人站在床前犹豫不决，相视而笑。陶望三保持不动。只见稍微年长的女子跷起脚踩在陶望三腹部，另一个女子则在旁边掩着嘴轻笑。

陶望三心神荡漾，难以自控，赶紧清除杂念，不予理会。年长的女子凑得更近了些，左手拨弄陶望三的胡子，右手轻轻拍打他的脸，发出声音，年轻的女子在旁边笑得更厉害了。陶望三猛然起身，骂道："鬼东西，怎敢这样！"两个女子受到惊吓逃走了。

陶望三担心夜里两个女子又来折磨他，想搬回家中。但想起自己对姜部郎说的话，心中羞耻，只能坚持不睡，挑灯夜读。夜里，鬼影晃动，陶望三视而不见，一心读书。直到午夜，陶望三困倦至极，才点着蜡烛睡下。刚闭上双眼，陶望三就感觉到有人在用细物穿他的鼻孔，奇痒无比，他大声地打了个喷嚏。黑暗中传来一阵笑声。

陶望三也不说话，假装睡着。过了一会儿，女子又将纸条捻成细绳，蹑手蹑脚地走过去，陶望三起身怒斥，二女飘然离去。陶望三再次睡下，女子又拿着纸绳过来捣弄他的耳朵，就这样闹了一整夜，直到天亮才安静下来。陶望三这才睡下，整个白天也都安然无事。

太阳下山，怪异的事情再次出现。陶望三准备做一整晚的饭，不睡觉了。陶望三读书，年纪稍长的女子就托着腮靠在桌上看他读书。看了一会儿，就将陶望三的书合上。陶望三怒气冲冲，伸手去抓她，女子敏捷地逃走了。

过了一会儿，女子又来调戏陶望三。陶望三用手按压着书页，继续读书。年纪小些的姑娘站在陶望三身后，伸手去捂陶望三的眼睛。陶望三指着她骂道："小鬼！被我捉住我要杀了你们！"两个女子并不害怕。

陶望三开玩笑道："男女之事我并不懂，你们俩纠缠我也没用。"两个女子笑着去了厨房，劈柴淘米为陶望三做饭。陶望三说道："你们现在这样，不比刚才跳梁小丑一样好多了？"一会儿饭就做好了，两个女子争相摆上碗筷。

陶望三说道："谢谢两位姑娘为我干活，我该怎么报答你们呢？"女子笑着说道："我们在饭里放了砒霜，在酒里加了毒药。"陶望三说："我与你们两个无冤无仇，为什么要害我呢？"陶望三吃了一碗饭，还要再盛，两个女子争着去添饭。陶望三很高兴，久而久之就习惯了这样的日子。

渐渐地，陶望三与两个女子熟悉起来，坐在一起倾心交谈。陶望三问她们的姓名，年长的女子说道："我叫乔秋容，她叫阮小谢。"陶望三又问二人从何而来，小谢笑着说道："呆子！你连身体都不敢露出来给我们看，还敢打听我们的出身？莫非是想娶我们？"

陶望三正色道："面对两个这么美丽的姑娘，我自然会动情；但是，如果中了阴间鬼气，我必死无疑。如果你们不愿意和我住在一起，大可离开；如果你们愿意和我一起住，就安心住下。如

果你们不爱我，我为什么要玷污你们？如果你们爱我，又何必让我这个狂生去死？"

二女听了陶望三的话，心里感动，从此不再肆意捉弄他。但是，她们时常把手伸进陶望三怀里，将陶望三的裤子拖拽在地，陶望三不以为意，见怪不怪。

这天，陶望三抄书抄了一半就出去了，回来的时候看到小谢伏在书桌上抄书。见陶望三回来了，小谢扔下笔对着他笑。走近一看，小谢写的字虽然拙劣，但是行列工整。陶望三说道："你还是个雅人呢！你要是愿意学写字的话，我来教你。"于是将小谢拥入怀中，把着手教她一笔一画地写字。秋容从外面进来，见到这番景象，脸色大变，露出嫉妒的神情。小谢笑着说道："我小时候和父亲学过写字，不过好久没写了，就像做梦一样。"秋容没有说话。

陶望三看出了秋容的心思，装作没有察觉，他将笔递给秋容，说道："让我看看你会不会写字。"秋容接过笔写了几个字，陶

望三站起来称赞道："秋容姑娘好笔力！"秋容这才面色转喜。

陶望生将纸折出方格痕迹，让小谢和秋容临摹，自己则在一旁读书，心中庆幸二人有事可做，互不打扰。两人写完字后，将纸拿去让陶望三点评。秋容没有读过书，涂鸦乱写一气，自认写得不如小谢，面色羞惭。陶望三安慰她一番，她才一扫愁闷。

从此以后，二人拜陶望三为师，陶望三坐着，她们便为他挠背；陶望三躺着，她们就为他按摩大腿，二人不再戏弄陶望三，反而争着讨好于他。一个月后，小谢的字大有长进，写得端正整齐，陶望三便称赞了小谢几句。秋容在旁边听到了，感到很惭愧，泪流满面。陶望三百般安慰，秋容才止住哭泣。

陶望三又教秋容读书，秋容非常聪明，只需要教过一遍就都能记住，还与陶望三比赛读书，时常整夜攻读。小谢将自己的弟弟阮三郎叫了过来，拜在陶望三门下。阮三郎大约十五六岁，姿容秀美，他用一钩金如意作为拜师礼。

陶望三让他和秋容读同一部经书，满堂都是二人的念书声，陶望三就好像开办了鬼学校一样。姜部郎听说了这件事后很高兴，吩咐人按时给陶生送柴送米。

过了几个月，秋容和阮三郎都学会了作诗，常常互相唱和。小谢暗地里让陶望三不要教秋容，陶望三答应了；秋容也暗地里让陶望三不要教小谢，陶望三也答应了。

这天，陶望三要出门考试，秋容、小谢与他挥泪作别。阮三郎说道："这次考试，可以用生病为由不去参加，要不然恐怕不太吉利。"陶望三认为装病不去考试是耻辱，就去了。

此前，陶生总爱作诗词讥讽朝政，得罪了当地的权贵，这些权贵们便想打击报复他。他们偷偷向学使行贿，诬告陶望三品行不端，将他囚禁在狱。陶望三的钱财花完了，只能向狱中的其他人乞讨食物，他认为自己应该没有活命的机会了。

忽然，一个人影飘入，原来是秋容来了。秋容带着饭菜来看望陶望三，二人相对垂泪，秋容说道："三郎担心你要倒霉，如今果然应验了。这次三郎和我一起来的，三郎去巡抚那里为你申冤去了。"又说了几句话，秋容就离开了，狱中的其他人都看不到秋容。

过了一天，巡抚外出，三郎在路上拦着叫冤，被抓了起来。

秋容进入狱中给陶望三报信，又回去打探消息，三天都没有回来。陶望三愁饿交加，度日如年。这天，小谢来到狱中，满脸悲痛地说道："秋容回家经过城隍庙，被庙里的黑脸判官强抢，逼她做妾。秋容不肯，现在被关押起来。我走了几百里路过来，路上累坏了。在北城又被老荆棘刺伤了脚底，痛彻入骨，恐怕也不能再来了。"小谢抬起脚给陶望三看，只见鞋袜都被鲜血染红。小谢拿了三两银子给陶望三，跛着脚离去。

巡抚开堂审问阮三郎，认为他和陶望三非亲非故，无理控告，要对三郎施以杖刑。板子刚要打下去，三郎原地消失。巡抚觉得这件事很奇怪，拿了三郎的诉状来看，其中内容悲伤感人。于是，巡抚亲自提审陶望三，问他："三郎和你是什么关系？"陶望三装作不认识三郎的样子，巡抚认为他是被冤枉的，就释放了他。

陶望三回到家中，家中空无一人。傍晚，小谢终于回到了家，惨然说道："三郎在公堂上，被管理公堂的神明押解去了地府，冥王看三郎仗义，就让三郎托生到富贵人家。秋容被囚禁了很久，我上告城隍，但是诉状一直被搁置。这该怎么办才好？"

陶望三听了后很生气，骂道："这个老黑鬼怎么敢这样做！

明天我就去推了他的神像，碾碎成泥，我要列举罪状问责城隍爷，他手下的判官这样残暴，难道他是喝醉了做着梦，什么都不知道吗？"二人悲愤相对，不觉间就过了四更。

忽然，秋容回来了。二人惊喜万分，问秋容是怎么回事。秋容哭着说道："这次为了郎君我可受苦了，判官日夜用刀杖逼迫于我，今天突然要放我回来，还对我说他别无他意，只是因为爱我才这样做。既然我不愿意，他也不愿意玷污我。判官让我转告郎君，千万不要责怪他。"

陶望三听说后有些高兴，准备和秋容一同睡觉，说道："我为你死了也愿意。"秋容和小谢都很悲伤，说道："我们受了你的教导，懂得了一些道理，怎么能因为爱你而伤害你呢。"三人相拥贴脸，亲热如同夫妻。因为遭了这次的劫难，秋容和小谢也不再互相妒忌。

正巧，一个道士在路上看到了陶望三，说他身上有"鬼气"。陶望三认为这个道士有些神异，就将自己的遭遇告知了道士。道士听后，说道："这两个鬼倒是不错，你不要辜负她们。"

道士画了两道符给了陶望三，说道："回去后将这两道符纸

交给那两个女鬼，就看她们有没有福气了。如果听到有人在门外哭女儿，就把符纸吞了赶紧跑出去，先到的人可以活过来。"陶望三拜谢接受，回家后将道士的话告诉了秋容和小谢。

过了一个月左右，果然听到门外有人在哭女儿。秋容和小谢争相跑出去。小谢太过着急，忘记吞下符纸。门外人的丧车驶过，秋容直冲过去，进了棺材后就不见了。小谢进不去棺材，痛哭回家。

陶望三出来一看，原来是当地富户郝家的女儿出殡。送灵的众人看到了秋容进棺的全过程，惊疑不定。过一会儿，棺材中传出声响。抬棺的人放下棺材，只见棺中女子已经复活。郝家人将棺材暂时寄放在陶望三书斋外面，守在四周。

郝氏女睁开眼睛，寻找陶望三。郝氏问她这是怎么回事，秋容告诉她："我并不是你的女儿。"然后将实情告诉了郝氏。郝氏并不太相信秋容的说法，要带她回家。秋容不肯，直奔陶望三书房，躺在床上不肯起身。郝氏无法，只能认了陶望三当女婿，而后离开。

陶望三靠近秋容，只见秋容现在的样子虽然和之前不一样，但其美丽不亚于秋容本相，大喜过望。二人情意绵绵，共叙平生。

忽然，陶望三听到了一阵呜咽声，原来是小谢躲在暗处哭泣。

陶望三可怜她，拿着灯走过去温言宽慰，小谢泪水将袖子都哭湿了，不能自已，直到天快亮才肯离去。天亮之后，郝氏派婢女仆妇送来嫁妆，已经是将陶望三当作女婿看待。

傍晚，陶望三和秋容进了卧房，小谢又哭了起来。这样持续了六七天，二人都被小谢哭得心烦意乱，无法共度新婚。陶望三忧心忡忡，却没有办法。秋容对陶望三说道："之前遇到的那个道士，应该是仙人。你再去求一求他，或许他看小谢可怜愿意出手相救。"

陶望三认为有理，找到道士的踪迹，跪伏在地请求道士的帮助。道士断言没有办法，陶望三很哀伤。道士又笑道："你这个书生好缠人。也是我与你有缘，我就竭尽全力吧。"

道士跟随陶望三回家，要了一间安静的房间，关上房门，告诫陶望三不要多话，也不要打扰。道士在房中十几天都不吃不喝，陶望三在门外偷看，见到道士一副瞌睡的样子。

一天早上，一个少女掀开帘子走了出来，她神采奕奕，明眸皓齿，光彩照人。少女笑着说道："走了一夜，可累坏我了。被你这书生纠缠，我就到百里外找了副好躯壳。现在本道人将她带回来了，等我见了正主，就将身体给她。"

傍晚，小谢回来，少女急忙上前与小谢抱在一起，二人渐渐合成一人，直直地躺在地上。道士走出房间，拱手示意，径直离开。陶望三拜送于他。等回到屋中，少女已经苏醒了。陶望三将她扶上床，她的呼吸渐渐舒畅，只是握着脚说脚痛，几天后才能起身。

后来，陶望三去应考，中了进士。同科的一位书生名叫蔡子经，因为有事和陶望三商量，暂时住在陶望三家中。小谢从邻居家回来，被蔡子经看到，蔡子经急忙走过去跟着她。小谢侧身躲进房间，心中恼怒蔡子经轻薄无礼。

蔡子经告诉陶望生："有件很恐怖的事情，我能和你说吗？"陶望三表示洗耳恭听。蔡子经说道："三年前我的小妹过世，可是过了两夜尸体却失踪了，至今都不知道是什么原因。刚才我看到你的夫人，和我的妹妹长得一模一样！"

陶望三笑着说道："我妻子长相丑陋，怎么能和你的妹妹相提并论。不过我们是同年兄弟，关系密切，就让你见她一见。"于是，小谢穿着当初的寿衣走了出来，蔡子经大惊失色，说道："还真是我妹妹！"

蔡子经大哭，陶望三将事情的原委告诉了蔡子经，蔡子经高兴地说道："我妹妹还没死，我要把消息告诉我父母，让他们高兴高兴。"然后就离开了。

过了几天，蔡子经全家都过来了，就如同郝家一样，将陶望三认作女婿。

耳中人

谭晋玄，是县里的秀才，深信导引行气之术，严寒酷暑都苦练不止。过了几个月，谭晋玄感觉到了气的存在。

这天，谭晋玄正盘腿打坐，听见耳中传出苍蝇的嗡嗡声，这声音说道："可以看见了。"谭晋玄睁开眼睛，声音就消失了。再闭上眼睛，调理气息，就又能听到这句话。

谭晋玄认为这是自己练功有成，心中窃喜。从此以后，每当他打坐的时候都能听到声音。他心想，下次耳中人再说话，我就答应一声，看看会怎么样。

这天，耳中人又说话了，谭晋玄开口应道："可以看到了。"过了一会儿，只觉得耳朵中有东西像要钻出来，谭晋玄斜眼看去，只见耳朵中出来了一个三寸长的小人，面貌狰狞丑陋，如同夜叉，在地上不停打转。谭晋玄心中惊奇，强行集中注意力观察小人。

忽然，有邻居来找他借东西，一边敲门一边呼唤谭晋玄。小人听到声音，面色惊恐，围着屋子团团打转，惊慌躲藏，就像老鼠找不到洞穴一样。谭晋玄顿时觉得神魂散失，也不知道小人躲到哪里去了。此后，谭晋玄就疯癫了，不停地喊叫，看了半年的大夫才渐渐恢复。

山魈

山鬼夜袭书生

孙太白讲过这样一个故事。他的曾祖父曾经在南山柳沟寺读书，秋收时节回到家中，住了半个月才回到寺庙。

到了庙里打开书房，只见书桌上已经堆满灰尘，窗户间也遍布蛛网。于是，孙太公叫仆人过来清扫，到了晚间才觉得稍微干净些，可以落座。

他拂了拂床，铺上寝具准备睡下。这时，月光已经洒满窗户。

孙太公在床上辗转反侧，窗外万籁俱寂。忽然，传来了一阵隆隆风声，寺庙大门轰然作响，孙太公心想，一定是和尚忘记关山门了。就这样想着想着，风声离他睡的屋子越来越近，顷刻间，他的房间门被打开了。

孙太公心中疑惑，还没回过神来，声音就已经到了屋内。接着，又有皮靴声在室内响起。这时，孙太公才恐惧起来。

过了一会儿，卧室门也打开了。孙太公急忙看去，只见一个大鬼，正弓着身子挤进门来。大鬼一下子就到了床前，和房梁一样高。大鬼的脸和冬瓜皮一样绿油油的，眼里闪着幽光，它在屋里走了一圈，四下张望，张着血盆大嘴，牙齿稀稀疏疏大约有三寸长，舌头伸在外面，喉咙里发出异响。

孙太公极其害怕，又想到，这样小的一个屋子，他也没有可以逃的地方，不如趁机将大鬼除掉。于是，他暗中抽出藏在枕头

下的佩刀，突然间向大鬼砍去！刀身正中大鬼腹部，发出了砍在
坚硬石盆上的声音。大鬼勃然大怒，伸出巨爪向孙太公攻来。孙
太公往后一缩，大鬼只抓到了被子，它将被子用力一拖，气冲冲
地走了。

　　孙太公被甩出了被子，趴在地上高声大叫。仆人举着火把跑
过来，只见房门紧闭，于是破窗而入，见到屋里情景大吃一惊，
赶紧将孙太公扶起来坐在床上。孙太公将事情说了一遍，众人检
视屋中，发现了被子上有五个簸箕大小的爪印，手指抓过的地方
都穿孔了。

　　天亮后，孙太公不敢再在庙中居住，背着书箱返回家中。后来，
孙太公向庙里的和尚打探情况，和尚们说再没有发生过这样的事
情。

种梨

道士戏弄卖梨人

有一个乡下人在市集上卖梨，他的梨又甜又香，所以卖得格外贵。一个衣着破烂、头戴破道巾的道士来到车前，想向卖梨人讨要一个梨吃。卖梨人很生气，骂了道士一顿。

道士说道："你这车里有数百个梨，我只是要一个而已，对你来说又没什么损失，你为什么这么生气呢？"围观的人都劝说卖梨人，让他找个不好的梨给道士，打发走算了，卖梨人执意不肯。

围观群众中有一个酒店伙计，他见众人争执不下，就出钱买了一个梨赠送给道士。道士拱手拜谢，对周围的人说道："我们出家人不小气，我这里有上好的梨，我现在就拿出来请大家品尝。"

有人问道："既然你自己有梨，为什么还要讨要别人的梨呢？"道士答道："我需要用这个梨的梨核来做种子。"

于是，道士将梨吃掉，将梨核放在手心，解下肩上的铲子，在地上掘了一个几寸深的土坑，将梨核埋下，用泥土覆盖。

道士又向路人索要热水，要浇灌梨核。有好事者就从路边借了热水给他，道士接过后将水淋在土上。众人都盯着土坑看，只见一株嫩芽破土而出，渐渐长大，不一会儿就长成了一棵树，枝叶繁茂。很快，梨树就开花结果，树上的果子又大又甜，密密地挂着。道士将梨摘下，分给了围观的人，很快就分光了。然后，道士开始用铲子砍树，很久之后才将树砍倒。而后，道士将铲子

放在肩上，施施然走了。

　　道士刚作法时，卖梨人也在那里观看，他过于全神贯注，把自己卖梨的事也忘了。道士走了后，他忽然想起了自己车中的梨。回去一看，只见车空梨去。卖梨人这才明白，刚才道士分给众人的梨都是他的梨。再看他的车，发现一个车把也不见了，看上去是刚被凿断。

　　种梨人心中愤恨，急忙寻找道士的踪迹，转过墙角就发现自己的车把被扔在墙下，这才知道道士刚刚砍伐梨树的铲子，原来就是车把。这时道士已经不知所踪了，街上的人都笑了起来。

僧孽

有一个姓张的人，突然间死去了。鬼差带着他去面见阎王。阎王查看生死簿，发现鬼差抓错了人，非常生气，命令鬼差将张某送回阳间。

张某出了阎王殿，私下里请求鬼差带他参观一下冥界监狱。于是，鬼差带着他参观了地狱的九幽、刀山、剑树，路过的时候一一指给张某看。最后到了一处地方，看见一个和尚被绳子穿透腿倒挂着，大声号叫，听上去极为痛苦。张某走近一看，发现这个被倒挂着的人正是自己的哥哥！

张某又惊恐又心痛，问道："他犯了什么罪，要遭受这样的惩罚？"鬼差说道："他是个和尚，到处募捐钱财，却将钱财都用在女色和赌博上，所以这样惩罚他。如果要解脱的话，需要他忏悔自己的罪过。"

张某苏醒后，怀疑自己的哥哥已经死了。张某的哥哥居住在兴福寺，张某前去探望。刚进门，就听到了哥哥的痛呼。进了内室一看，发现哥哥的腿上长了一个大恶疮，已经化脓糜烂。他哥哥将腿倒立靠在墙上，摆出了张某在冥间看到的样子。

张某大惊，问哥哥为什么要维持这样的姿势。哥哥说道："倒挂起来可以稍微缓解疼痛，不然就痛彻心扉。"于是，张某将自己在冥界的所见所闻告知了和尚哥哥。和尚听了后大惊失色，赶

紧戒了荤腥酒水，虔诚诵经。

　　半个月后，和尚腿上的
疮就痊愈了。从此后，他就
成了一个严守戒律的和尚。

四十千

投胎成子讨债

　　新城王大司马家有一个掌管账目的仆人，比很多封君都还要富裕。这天，他梦到有人跑进了他的屋子，对他说道："你欠了我四万贯钱，现在是时候还了。"仆人问他是谁，这人也不回答，直直地进了里屋。

　　醒来后，仆人的妻子生下了一个男孩。仆人知道这是自己前世的孽缘，于是将四万贯钱单独放置在一间屋子里，孩子衣食用药的钱都从这四万钱中取用。

　　过了三四年，房中的钱只剩下七百贯。当时，孩子的奶妈抱了孩子过来，在仆人身边逗弄玩耍。仆人顺口对儿子说道："四万贯钱要用完了，你该离开了。"话音刚落，孩子立即变了脸色，眉头紧皱、双目圆睁，脖子歪在一旁。上前摸他，发现孩子已经断气了。于是，仆人用剩下的钱置办了棺木，将孩子埋葬。

珠儿

常州有一个人名叫李化，家中有许多田产。李化五十岁了还没有儿子，只有一个女儿名叫小惠，品貌俱佳，夫妻二人对她极为宠爱。小惠十四岁这年，得了急病夭折。从此后，两人家中日益冷清，少有生趣。于是，李化收了一个婢女做妾室，一年后生下一个男孩。李化将这个男孩视为珍宝，给他取名为珠儿。

珠儿渐渐长大，身体强壮结实，看上去很可爱。可惜珠儿天生痴傻，五六岁了还不能分辨出豆子和麦子，口齿也不伶俐。但李化并不嫌弃他蠢笨。

这时，有一个瞎眼和尚在闹市化缘。和尚知道很多人家的秘密，众人把他越传越神奇，到了能了解别人生死祸福的地步。

和尚到处索要钱财，开口就要成百上千，没人敢拒绝他。这天，和尚到了李家化缘，索要一百贯钱。李化左右为难，给了和尚十两银子，和尚不肯接受。李化又将银子添到三十两，和尚也不接受。和尚恶狠狠地说道："一定要一百贯钱，少一文都不可以！"李化也火了，收起银子就走。和尚愤然起身，威胁道："你可别后悔！"

过了一会儿，珠儿突然心脏疼痛，在床上抓挠不止，面如死灰。李化十分害怕，连忙拿了八十金去找和尚求救，和尚笑道："肯拿这么多钱可真不容易，不过我一个山间和尚，哪儿能帮你的忙？"李化回到家中，珠儿已经没了气息。

李化悲痛欲绝，写了诉状控告和尚。县令将和尚抓捕起来，和尚擅长狡辩，没有说出有用的信息。衙役用刑鞭打和尚，就好像打在皮鼓上一般。县令命人搜身，从和尚身上搜出了两个木人，一具小棺材，五面小旗。

县令大怒，将这些东西拿到和尚眼前，和尚这才感到惧怕，主动跪下磕头不止。县令不予理睬，命人杖杀了他。李化叩头拜谢县令，而后回家。

当时已经是黄昏了，李化与妻子坐在床上。忽然，一个小男孩匆匆忙忙地跑了进来，说道："老人家你走得好快，我用力追赶都追不上。"这小男孩大概七八岁的样子。李化很吃惊，正要询问小男孩，小男孩身形就变得若隐若现，转了会儿就上了床。李化将小男孩推下床，小男孩摔在地上也没有声音。小男孩说道："老人家你干吗这样！"然后又爬上了床。

李化惊惧不已，带着妻子一起逃出门外。小男孩口中直呼"阿爸""阿妈"，声音稚嫩，叫个不停。李化逃入妾室房中，将门锁上，一回头就发现小男孩出现在他面前。李化惊慌失措，问小男孩要干什么。

小男孩回答道："我是苏州人，姓詹，六岁的时候父母双亡，哥哥嫂嫂也不接受我，将我赶去外祖家。有一次我在外面玩耍，被妖僧迷住，杀死在桑树下。妖僧驱使我如同伥鬼一样，我沉冤九泉不得超脱。幸亏阿爸您替我报了仇，我愿意做您的儿子。"

李化说道："人和鬼是不一样的，怎么能做亲人彼此依靠呢？"小男孩说道："您只需要打扫出一间屋子，安放好被褥床铺，每晚给我一碗冷稀饭就可以了。"李化答应了。小男孩很高兴，独自一个睡在房中，早上起来在内室进进出出，如同亲生孩子一样。

这天，小男孩听到了妾室为儿子哭泣的声音，问道："珠儿死了几天了？"别人回答道："七天了。"小男孩又说道："天气严寒，尸身应当不会腐坏。可以试试掘开坟墓，如果尸体没有损坏，我可以让他活过来。"

李化惊喜不已，与小男孩一起去了珠儿的墓地，打开棺材，发现珠儿身体完好如初。李化陷入悲伤之中，一回头就发现小男孩失去了踪迹。李化感到十分诧异，随后将珠儿尸体带回家中。

到了家中，李化将珠儿放在床上。这时，珠儿的眼睛微微动了一下，过了一会儿珠儿醒了，叫嚷着要喝热水。喝完后，珠儿出了一身汗，而后起身。家人看到珠儿复活都非常高兴，加上珠儿现在聪明伶俐，与之前不同，家人更添欢喜。只是到了夜里，珠儿僵卧在床，毫无气息，去推动他的身体也没有反应，如同死人。众人大惊失色，以为珠儿又死了，等到天亮了，珠儿才如大梦初醒。

其实，珠儿现在身体里的灵魂是小男孩。

众人靠近珠儿，问他这是怎么回事。男孩说道："我以前跟随妖僧时，有一个小伙伴名叫哥子。昨天晚上我没追上阿爸，就是在与哥子告别。哥子在阴间做了姜员外的义子，昨晚来邀请我玩耍，刚才用白鼻骗送我回家。"

珠儿母亲问道："你在阴间见了珠儿吗？"男孩说道："珠儿已经投胎去了，他与阿爸没有父子缘分，他是金陵严子方投胎而来，目的是讨还百十贯钱的旧债。"

李化曾在金陵经商，欠了严子方的货款没有结清，后来严子方去世，货款也不了了之。这件事情，没有其他人知道。现在得知真相，李化很吃惊。

珠儿母亲又问道："你见到小惠姐姐了吗？"珠儿答道："没见到，我下次去再打听打听。"过了两三天，小男孩告诉母亲："姐姐在阴间日子过得可好了，她嫁给了楚江王的小儿子，满头珠翠。一出门，就有十几个仆人前呼后拥，行人都要回避。"

珠儿母亲问道："她怎么不回来看看呢？"珠儿答道："人死了之后，与生前父母就没有骨肉关系了。如果有人和他们讲起前生的事，他们才会想起来亲人。昨天我托了姜员外，见到了惠姐。惠姐让我坐在珊瑚床上，我对她说起了阿爸阿妈对她的思念，她都没有反应。我又说道：'惠姐生前最喜欢绣并蒂花，有时候剪刀划破了手指，血染在白色的布上，姐姐就将染红的地方绣红色的水云。如今这绣品还挂在阿妈的床头，阿妈时常观看，心里从没忘记过你。'姐姐这才如梦初醒，伤心地说道：'我和夫君说一说，回家探望父母。'"

珠儿母亲问惠姐哪天回来，珠儿说不清楚。这天，珠儿告诉母亲："姐姐就要来了，带着好多随从，要多准备一点茶水和酒。"过了一会儿，珠儿奔进房中，说道："姐姐来了！"珠儿赶紧叫人将床榻搬到客堂，对惠姐说道："姐姐先坐下休息，不要哭了。"其他人都见不到小惠。

珠儿带着家人在门口焚烧纸钱，倾洒酒水。珠儿回屋说道："已经请一同前来的骑卒暂时离开了。"惠姐问道："我从前盖的绿色锦被，曾经被蜡烛烧了一个豆大的小洞，还在吗？"珠儿将问话转达给了母亲。母亲说道："还在。"马上开箱拿了出来。珠儿说道："姐姐让我把被子放在她以前的卧房里，她有点累了，先休息一下。明天再和阿妈说话。"

东边邻居赵家的女儿，与小惠是闺阁好友。这天，赵姑娘梦见小惠戴着头巾、披着披肩去探望她，言谈笑貌和活着时一样。小惠对赵姑娘说道："我现在和活人不一样了，和父母见面就像隔了千山万水一样。我想通过妹妹向我父母说说话，妹妹你不要害怕。"

天亮后，赵姑娘正与她母亲聊天，突然之间倒在地上失去知觉。过了一会儿，赵姑娘醒来，对着母亲说道："小惠和婶婶好几年没见了，婶婶你添了些白发。"赵母惊骇道："女儿你疯了吗！"赵姑娘向赵母行了礼，然后离开。赵母知道女儿不对劲，一路跟随。

　　赵姑娘直奔李家，抱着母亲哀伤痛哭。母亲茫然不知所措，赵姑娘说道："女儿昨天回家太累了，还没来得及说话。女儿不孝，半路丢下了老人家，让您和父亲伤心思念，真是罪过。"

　　母亲顿时反应过来眼前人是小惠，大哭。母亲问道："听说你现在是贵人了，我感到很欣慰。但你嫁入王府，怎么能随意回家？"女儿说道："夫君和我感情很好，公公婆婆对我疼爱有加，从不嫌弃。"

　　小惠生前，说话的时候习惯用手托着下巴。现在借了赵姑娘的身子做出这个动作，神态和她本人极为相似。没多久，珠儿进来说道："接姐姐的人来了。"

　　女儿起身，流着泪向母亲拜别，说道："女儿去了。"说完，赵姑娘的身体倒在了地上，很久才苏醒过来。

　　过了几个月，李化病重，请医问药都没有效果。珠儿说："恐怕很难救活阿爸了！有两个鬼坐在床头，一个手中拿了铁杖；一个手中拿了四五尺长的麻绳。我日夜向他们请求，他们都不肯离开。"母亲流泪不止，去准备寿衣寿被。

　　天色黑了，珠儿冲进房中，说道："闲杂人等都暂时避让一下，姐夫来探望阿爸了！"过了一会儿，珠儿拍掌大笑。母亲问他笑什么，珠儿说道："我笑床头那两个小鬼，听说姐夫要来，就躲在床底下和乌龟王八一样。"

　　珠儿对着空中说话寒暄，问姐姐的生活起居，又拍手说道："我

求两个小鬼，他们不肯走，现在真是大快人心！"于是走到门外，过了会儿又回到屋中，对家人说道："姐夫已经走了，两个小鬼被他拴在马绳上，阿爸已经没事了。姐夫说回去后会禀告阎罗王，替阿爸阿妈请求百岁长寿。"一家人听了后都很欢喜。当天夜里，李化的病就好了大半，几天后就痊愈了。

李家请人教导珠儿读书，珠儿颇为聪慧，十八岁的时候成了秀才，还能讲述阴间的见闻。每当乡里有人生病，珠儿都能指出鬼祟，用火去烧这些鬼祟，病往往都能治好。后来，珠儿突然生了怪病，身上皮肤又青又紫，珠儿说这是鬼神怪他泄露机密，从此以后再也不肯谈论阴间的事了。

小官人

手指小人强要礼物

　　太史某公，具体姓名不详。这天躺在书斋中，忽然见到了小小的车马仪仗从角落里驶出。这些马和青蛙一般大，人比手指还要小一些。太史心中惊奇，怀疑是睡得迷糊了，产生了幻觉。

　　忽然，一个小人返回了屋中，他手里拿了一个拳头大小的毡包，走到床边，对太史说道："我主人有一份薄礼，要献给太史您。"说完就站在那里，也不将礼物拿出。过了一会儿，小人自己笑了，说道："这么点礼物，太史你拿了也没什么用处，不如就赐给我吧。"太史点头同意。于是小人欣然拿着包裹离开了，后来再没有出现过。

　　可惜太史胆小，没有打听他们的来历。

祝翁

还魂与妻同死

　　济阳祝村有一个祝老头，五十多岁的时候得病死去，家人都在房间里整理丧服。忽然，听到了祝老头急促的大叫声。家人赶紧跑到灵堂，这时见到祝老头已经复活了。家人都很高兴，问祝老头是怎么回事。

　　祝老头对妻子说："我刚到了阴间，已经决心不回来了。走了几里路，突然想到我抛下你，让你一把老骨头在儿孙手里，冷暖都要仰仗他人，活着也没什么意思，不如和我一起离开。所以我就返回了，要带你一起走。"

　　家人都以为，老头刚刚苏醒胡言乱语，没有相信他。祝老又把刚才的话说了一遍，妻子说道："这样也不错，只不过我现在活得好好的，怎么会死呢？"祝老头挥了挥手，说道："这事情不难。你赶紧料理好家里的杂务。"妻子笑着并不去，祝老头再三催促。

　　妻子走出灵堂，过了好一会儿才返回，哄祝老头道："我已经处理好杂务了。"祝老头又催促妻子去梳妆，妻子不去，祝老头催促更急了。妻子不忍心拒绝祝老，装扮好之后走了出来，女儿媳妇们见了都掩着嘴在一旁偷笑。祝老头躺在枕头上，示意妻子也躺下。妻子说道："孩子们都在一旁看着呢，这样躺着不成样子。"祝老头用手捶床，说道："死在一起有什么可笑的！"

子女们看祝老头越发急躁，都劝说母亲按照父亲的意思躺下。妻子躺下，与祝老合睡。家人们看到这情形又笑了起来。忽然，妻子脸上的笑容骤然消失，渐渐双眼闭上，很久都没有发出声音，睡着了一般。

　　众人走近一看，发现母亲身体冰凉，已经没了气息。再看父亲祝老头，也是如此。这才惊恐起来。

　　康熙二十一年（1682 年），祝老头的弟媳在毕刺史家当用人，将这件事详细地讲述了出来。

席方平

孝子为父伸冤

席方平是东安人。他的父亲名叫席廉，性情刚直憨拙，因此与村里姓羊的富商结了仇怨。羊姓富商先行离世，几年后，席廉病危之际，对人说道："羊某现在贿赂了阴间的使者拷打我。"说完后，席廉浑身红肿，一命呜呼。

席方平悲痛不已，不肯吃饭，说道："我父亲为人朴实木讷，现在还要被强横的恶鬼欺凌，我要前去冥界，为他申冤。"说完后不再开口，一会儿坐着一会儿站起来，状似痴傻，原来是灵魂已经离开了身体。

席方平觉得自己已经出了门，不知道要去往哪里。见到路上来往的行人，就去询问县城在哪里。过了一会儿，席方平进了城中。此时席廉已经被关押在狱。席方平来到监狱门口，远远地看见父亲躺在屋檐下面，非常狼狈。

席廉抬眼看见了儿子，潸然泪下，说道："狱卒收受了贿赂，日夜拷打于我，我的腿都快被打烂了！"席方平大怒，大骂狱卒："我父亲如果有罪，自有王法来判定，这岂是你们这些鬼能操控的！"于是出去写了诉状。

趁着早上城隍升堂，席方平前去喊冤，递交状纸。羊姓富商害怕，暗中打点了衙门内外，这才去与席方平对质。城隍以席方平控告没有依据为由，不肯公正处理。席方平满腔愤怒，在冥界走了百余里到了郡中，以官吏收受贿赂为由将城隍和一干衙役告到了郡司。

拖延了半个月，郡司才审理此案。郡司命人扑打席方平，仍旧让城隍处理这件事情。席方平被带回县中，备受折磨，凄惨和冤屈让他不能平静。城隍担心席方平再次控告他，派人将他押送回家。回家后，差吏就回去了。

席方平不肯进入家门，再次去往冥府，控告郡司和城隍的贪婪残酷。冥王立即拘捕了郡司和城隍，要求他们与席方平对质。郡司和城隍暗中派遣心腹找到席方平，愿意给予他千金了结此事，席方平拒绝接受。

过了几天，旅店的老板劝他说："你这个人太赌气，官府请求和你和解你不听从，我听说他们送礼送到了冥王面前，恐怕你的案子有危险了。"席方平没有相信旅店老板的说法。

过了一会儿，有皂衣鬼差传唤席方平进殿。进了殿中，席方平见冥王面有怒色，冥王不由分说，下令打了席方平二十杖。席方平厉声问道："我犯了什么罪？"冥王漠然无视。席方平受了杖刑，大喊道："我挨打也是活该，谁叫我没有钱呢！"

冥王闻言更怒，下令摆上火床。两个鬼差将席方平拖了下去，只见大堂东边有一张铁床，床下燃着熊熊烈火，床面被烧得通红。鬼差脱掉席方平的衣服，将他按在铁床之上，翻来覆去反复炙烫。

席方平痛到极点，骨肉焦黑，恨不得立时死去。过了差不多一个时辰，鬼差说："差不多了。"鬼差扶起席方平，催他下床穿衣。幸好席方平还能行走，只是走路一跛一跛的。

再次回到堂上，冥王问他："你还敢再告吗？"席方平说道："大冤未申，我是不会死心的，如果我说不会再告，就是在欺骗你。

我一定控告到底！"冥王问："你会怎样控告？"席方平说道："我所遭受的一切，我都会一一说明。"冥王又怒，下令用锯子锯开席方平的身体。两个鬼差将席方平拉走，来到一块木柱下。

木柱八九尺高，有两块木板，板面朝天，靠在柱脚边，木板上下隐约可见凝固的血迹。鬼差正准备捆绑席方平，听到堂上高声呼唤席方平的名字，于是又将席方平押送回堂。冥王问道："你还敢再告吗？"席方平回答道："我一定会再告！"

冥王吩咐手下带席方平去受锯刑。下了堂，鬼差用两块木板将席方平夹住，捆在木板上。刀锯刚刚开始拉动，席方平感觉头被锯开，疼痛难忍，他强忍着不出声。

一个鬼差说道："这是条好汉！"接着，席方平感到刀锯下移到了胸口。另一个鬼差说道："这是个大孝子，没有罪过，我们让刀锯稍偏一点，不要损坏他的心脏。"接着，席方平就感知到锯锋曲折而下，疼痛程度翻倍。过了一会儿，席方平身体被锯成了两半。夹板解开，两片身体一起倒在地上。

鬼差上堂禀报，堂上传讯，让鬼差将席方平的身体合上，带上堂去。两个鬼差将席方平的身体聚拢，恢复如初，拉着他上堂。席方平觉得被锯的地方有一道缝，剧痛难忍，仿佛要再次裂开，走了半步就摔倒了。

一个鬼差从腰间拿出一条丝带给席方平，说道："看你孝顺，我将这条丝带送给你。"席方平将丝带系在腰间，顿时神清气爽，再感觉不到疼痛。席方平上堂跪下，冥王又用之前的话问他："还上告吗？"席方平害怕再遭受酷刑，回答道："不告了。"

于是，冥王命人将席方平送回阳间。鬼差带着席方平出了北门，指给了他回家的道路，转身走了。

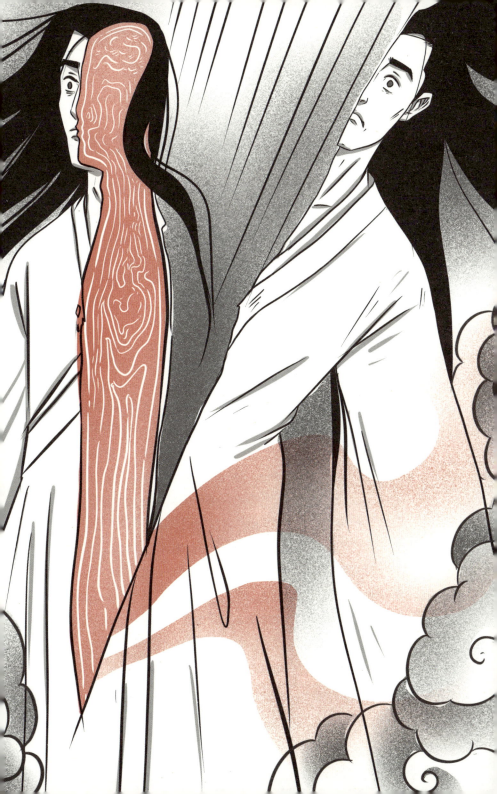

席方平心想，阴间官吏的黑暗腐败比阳间还厉害，可惜没有办法上天禀告玉帝。世间传说，灌江口二郎神是玉帝的亲戚，聪明正直，如果找他申诉的话应该会灵验。

　　两个差吏先行离去，席方平心中窃喜，转身奔向南边。奔跑途中，两个鬼差追了上来，说道："冥王担心你不回家，果然如此。"说完，一把抓住席方平，将他带回去见冥王。

　　席方平猜测，冥王一定大发雷霆，这次一定会遭受更严酷的刑法，谁知道冥王这次面色并不严厉，说道："你确实是个孝子，但你父亲的冤情我已经为他昭雪了。你父亲现在已经投胎在富贵人家，不用你为他奔走鸣冤了。我现在送你回去，再赐予你千金，延长你的寿命，你愿意吗？"然后在生死簿上写明期限，盖上印章，让席方平亲眼见证。席方平道谢退下。

　　鬼差再次与席方平离开地府，路上鬼差一边驱赶席方平一边怒骂："你这个奸猾小贼！总是反反复复，你再这样我就将你捉回去，放在磨盘里磨成肉酱！"

　　席方平怒目而视，骂道："你这个鬼东西，我这个性子就是耐得住刀锯，受得住鞭打！我现在回去再面见冥王，冥王要是愿意让我自行回去，哪里还要你们来送！"说着就转身往回跑。

　　鬼差害怕，好言好语地劝回了席方平。席方平故意走得缓慢，走几步就停在路边休息，两个鬼差敢怒不敢言。大约过了半天，到了一处村庄，一户人家的大门半开。鬼差拉着席方平坐下，席方平占据了门槛的位置，两个鬼差趁席方平不注意，将席方平推入门中。

　　席方平一惊，再看自己竟然变成了一个婴儿。席方平坚决不肯吃奶，三日后就夭折了。他魂魄飘摇，但始终不忘要去灌江口找二郎神鸣冤。大约奔走了数十里，见到一队仪仗走了过来，旗帜和兵戈挤满了道路。席方平本来想越过道路避开，却不小心冲撞了仪仗，被前方的卫士抓住，扭送到车前。

席方平抬头，见车中坐了一个少年郎，仪貌魁伟，风度翩翩。少年问道："你是什么人？"席方平正因为有冤难申心中愤懑，看到这个少年，猜想他一定出身权贵，或许能帮助自己，便将自己的遭遇说了出来。

少年听后，命人给席方平松绑，让他跟着车队前行。过了一会儿到了一处地方，有十余个官员在路边迎接，少年郎向每个官员都问询了几句。少年郎指着一个官员说道："这是下界凡人，正准备找你申冤，你应该尽快给他解决。"

席方平询问少年的随从，这才知道少年是玉帝的第九个儿子，九王殿下刚刚嘱咐的官员便是二郎神。席方平看向二郎神，见他身材修长，胡须满面，和世间传闻并不相像。

九王殿下离去后，席方平和二郎神到了一处官署，席方平的父亲、羊姓富商、一众衙役都在这里。过了一会儿，一辆囚车中的犯人被押解出来，正是冥王、郡司、城隍。二郎神当堂审讯对质，证明席方平所说都是事实。三个官员都战战栗栗，如同老鼠一般。二郎神提笔写下判词，顷刻间就传下判语，让涉案人员一起查看。

二郎神判处了各人的罪过。冥王需要用西江的水洗涤肠胃，进入火热的房屋受刑；郡司和城隍被剔骨刮髓，打入畜生道；衙役们助纣为虐，要受油炸之刑；羊姓富商行贿，没收他的全部家产。然后，将他们都押送至东岳大帝处执行惩罚。

二郎神发落完一干人等，对席廉说道："你的儿子大孝大义，你也心地良善，我再赐给你阳寿三十六年。"又派遣差吏将席家父子送回阳间。席方平抄下二郎神的判词，父子二人在回家的路上一起品读。

到家后，席方平率先苏醒。他吩咐家人打开父亲的棺材查看，只见父亲的身体仍然僵硬冰冷，一天后，席廉的身体渐渐有了温度，复活过来。席方平想再查看抄下的判词，却已不见了。

从此后，席家日益富裕。三年之内，家中良田沃土遍布四野，而羊氏子孙，家道日渐衰落，房屋田产都被席家购买。乡里也有人想买下羊家的田产，但总会梦到神人对他们说："这是席家的东西，你们哪儿能拥有！"一开始这些人并不相信，等到播种后，终年都没有收成，他们才信了神人的说法，于是又将田产卖给了席家。

而席廉直到九十多岁才去世。

吴令

城隍的斗争

　　江苏吴县有个县令，具体姓名已无从考证。这县令为人刚正耿直。吴县风俗里，最为重视城隍，用木头刻了城隍肖像，给它披上锦绣衣裳。木像暗藏机关，栩栩如生。

　　这天正是城隍爷的生日，百姓们筹集了钱财进行集会，抬着神像在街上游行。各种旗帜、幢盖和仪仗浩浩荡荡，还有许多人敲锣打鼓一路随行，热闹非凡。因为是传统习俗，所以没有人会懈怠。

　　县令正好外出，遇到了游行的队伍。县令拦住游行队伍询问，百姓如实告知。县令又问了这样的活动需要多少钱财，得知开销巨大。

　　县令大怒，指着城隍像责难道："城隍乃是一县之主。如果城隍冥顽不灵，那就是个昏聩、不值得祭祀的鬼物！如果城隍有灵，那他该知道爱惜人力物力，怎么会进行这些无益的花费，浪费民脂民膏？"说完，就将神像拽在地上，打了二十大板。从此，吴县的陋习被革除了。

　　县令公正无私，但年轻贪玩。在此地任职了一年多，有一次在县衙里架着梯子摸鸟，失足摔下跌断腿骨，不久后就死了。

　　有人听到城隍庙里传出了县令的怒叫，像是在争辩什么，很多天都没有停歇。当地人不敢忘记县令的恩德，聚集在城隍庙前

进行劝解，又单独建庙祭祀县令，争吵这
才平息。

　　为县令建的祠堂，也被称作城隍庙，
在春秋两季进行祭祀，比旧城隍庙要更加
灵验。

口技

靠口技"请神治病"

村里来了一个女子，年纪二十四五。她身上背着一个药袋替人治病。如果有人找她看病，她并不会自己开药方，而是等到夜间去询问神仙。

晚上，女子清扫干净房间，将自己锁在里面。村里人都很好奇，围着门窗侧耳听里面的声音。他们在外面窃窃私语，连咳嗽一声都不敢。一时间，房屋内外都一片寂静。

到了夜里，忽然听到了掀帘子的声音。女子在屋内说道："九姑来了？"另一个女子回答道："来了。"

医女又问道："腊梅跟着九姑一起来了吗？"一个像是丫鬟的人回答道："来了。"三人在屋内聊天，絮絮叨叨。

过了一会儿，又传来掀帘子的声音。医女说道："六姑来了。"屋内众人声音乱成一片，问道："春梅抱着小少爷来了吗？"一个女子回答道："这个倔孩子！哄他也不肯睡，非要跟着娘子过来。少爷这身体怕是有一百斤重，抱着累死人了！"接着，就听到了医女的殷勤问候，众人的问讯寒暄，还夹杂着小孩子的嬉笑声，喧闹嘈杂。

医女说道："小少爷太贪玩了，那么远过来竟然还抱着小猫儿来。"慢慢地，屋内声音渐渐稀疏。忽然，掀帘子的声音又响起，满室再次喧哗。女子们说道："四姑怎么来迟了？"

四姑声音纤细，回答道："路太远了，又是和阿姑一起来的，阿姑走得慢，就耽误了时间。"于是，屋内又传来了倒水声、移座声、问候声，一片嘈杂，好一会儿才安静下来。

　　接着，又听到了医女向她们询问病情，该怎么用药。九姑认为该用人参，六姑认为该用黄芪，四姑认为该用白术。众女子商量了一会儿，九姑让人拿来笔墨纸砚。屋内立即就发出了折纸声、磨墨声、提笔声、抓药声。

　　很快，医女就开门将药和药方交给了病人。医女一回屋，就传来了众女子的告别声，三个女子的声音、三个丫鬟的声音、孩子的声音、猫儿的咪呜声渐次响起，最后混成一片。这些声音各有特色，或缓慢苍老，或清脆娇嫩，非常容易辨别。

　　村民们在外面听了都很惊诧，以为医女真的请到了神灵。但是医女开的药方效果并不好。原来，医女是一个口技高超的女子，擅长模仿各种声音，她借着这样的本事来糊弄村民，推销自己的药材罢了！

戏术

古代神奇魔术

有一种戏法叫作桶术。这桶有一升左右，没有底板，桶中空无一物，和常见的戏法道具没有两样。

表演者会铺两块席子在街上，拿一只升放入桶中。很快，表演者就将升取出来，这时升中竟然装满了白米。表演者将米倒在席子上，继续从空桶中取米，循环往复。不一会儿，席子上就放满了米。

表演者再将席子上的米一升升倒入桶中，倒完后将桶举起来，只见这桶仍是一只空桶。这戏法的神奇之处就在于，米的数量实在是太多了。

山东利津县有个人叫李见田，这天他在陶场闲逛，想买一只大瓮。李见田和卖陶人价格没谈拢，就离开了。

夜里，卖陶人开窑，发现窑内的六十几只大瓮不翼而飞。卖陶人怀疑李见田，上门请求归还。李见田推说不知道这事，对卖陶人表示同情，他说道："这样吧，我来替你出窑，保证一只瓮都不会坏。这窑的位置就在魁星楼下。"

卖陶人按照李见田指明的地点去看，果然发现了自己丢失的大瓮。魁星楼在南山之中，离制陶厂有三里多路。卖陶人请了人去搬运，花了整整三天才将大瓮运回。

丐僧

和尚剖腹自杀

济南有一个僧人，不知道他具体来历。他赤着脚，穿着百衲衣，白天在芙蓉、明湖等馆中诵经化缘。别人给他酒食、钱财、米粮他都不肯要，别人问他需要什么，他也不肯回答，从来没见过他吃东西。

有人劝他说："您既然不吃荤腥也不沾酒水，那应该去穷乡僻壤或是花园，为什么终日待在这样的场所呢？"和尚不予理睬，一心垂眼念经。

过了一会儿，别人又重复了这样的话，和尚厉声说道："我就要这样化缘！"说完又继续念经。过了许久，和尚走了出去。有好事者一直跟着和尚，非要问和尚为什么要在这里化缘。连续问了三四次，和尚烦了，大声说道："这些事情不是你能知道的！贫僧偏要在这里化缘。"

几天后，和尚走出南城，躺在路边，身体僵硬如同死人，三天都没有动弹一下。附近的居民担心他会饿死，连累附近人家，都围过来劝他去往别处。居民们还保证，可以给他食物和钱财。

和尚闭眼不动，居民们伸手去推。和尚勃然大怒，从百衲衣中抽出一把短刀，切开自己的肚子，又用手把肠子掏了出来，气绝身亡。众人惊骇欲绝，向府里报告了此事，又用一卷席子将和尚安葬了。

过了几天，埋葬和尚的地方被狗扒出了一个洞，只见席子内并没有尸骨存在，席子还维持着卷起的形状，如同蚕蛹一般。

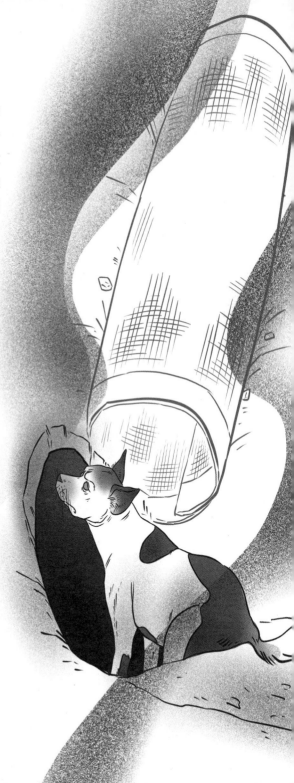

小人

强喂药物变小人

康熙年间，有一个玩戏法的人带着个盒子，盒子里藏着个大约一尺长的小人。观众给钱，这人就会打开盒子把小人叫出来唱一段曲子，唱完后小人又回到盒中。到了山东掖县，县令命人将盒子带到县衙，盘问小人的来历。

小人一开始不敢说话，县令再三追问小人才肯讲出自己的家乡和姓名。原来，小人是个读书的童子，一天他从私塾回家，路上被那玩戏法的人强行逮住，喂了药后身体猛缩，变得极矮小。这恶人把他当作敛财的工具，四处卖艺。

听了这话后，县令勃然大怒，杀了玩弄戏法的人。县令留下了小孩，想为他医治，但始终没有办法。

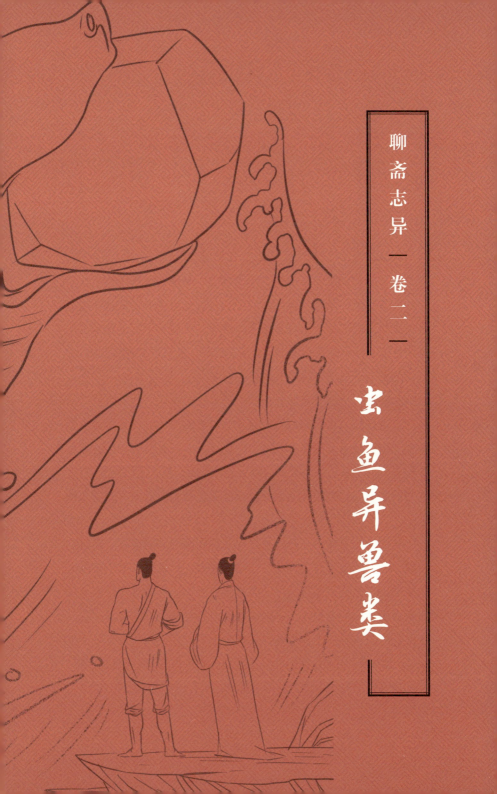

聊斋志异 卷二

虫鱼异兽类

青凤

狐狸精因爱假死

太原耿氏，是当地名门望族，宅院宏伟壮阔。后来家道中落，府中大片的楼阁都空了出来，形同废宅。渐渐地，这里就出现了一些非常怪异的事情。夜间，宅门会自行开启关上，常常吓得人半夜尖叫。耿某对于这件事情十分忧虑，就搬到了其他地方去居住，只留下一个老仆看守旧宅。从此以后，耿氏的旧宅更加荒芜，奇怪的是宅子里却时常传出欢声笑语。

耿某有一个侄子名叫耿去病，为人狂放不羁。他嘱咐看守门院的仆人，如果再看到或者听到什么奇异的事情，就要跑着去告诉他。这天晚上，老仆看到宅中一栋楼上有灯光忽明忽暗，就急忙跑去告诉耿去病。耿去病不听老仆劝阻，准备进门一探究竟。他对旧宅的门户都很熟悉，就拨开蒿草，沿着曲折的道路进入楼中。

耿去病上了楼，一开始并没有发现什么奇异的地方。穿过这座楼，忽然听到了有人说话，他偷偷看去，只见屋子里一对巨大的蜡烛正在燃烧，照得满屋明亮如同白天，一个儒生打扮的老头向南而坐，一个老妇人坐在他的对面，年纪看上去四十岁左右。在他们的东边有一个少年郎，大概二十岁；在他们西边有一个少女，十五六岁的年纪。他们的桌上放满了酒水肉食，四人有说有笑。

耿去病突然闯了进去，笑着说道："有一个不速之客来了！"

屋中人十分惊慌，全都躲避了起来，只有老人出来斥责道："是什么人擅自闯入我的屋子？"耿去病答道："这里是我的家，被你们侵占了。你们在这里喝酒，却不邀请府中的主人，是不是太吝啬了？"

老人审视了耿去病一番，说道："你并不是这里的主人。"耿去病回道："我是这府中主人的侄子耿去病，一介狂生。"老人说道："久仰您的大名。"于是将耿去病请了进去。老人给耿去病斟了酒水，耿去病说道："我们是通家之好，家属没有必要回避，就请他们出来一起饮酒吧。"

老人便呼唤道："孝儿！"话音落下，少年郎就从外进来，老人介绍道："这是我的儿子。"少年作揖坐下。耿去病稍微询问了老人的家世，老人自称姓胡，名叫义君。耿去病为人素来豪爽，与胡家人谈笑风生，孝儿风流倜傥，两人聊得很是投缘，互相欣赏。耿去病二十一岁，比孝儿年长两岁，就认了孝儿为弟弟。

胡老说道："我听闻你的祖父编撰了一本名为《涂山外传》的书？"耿去病答道："确实有这件事。"胡老接着说道："我就是涂山氏（大禹妻为涂山氏女）的后裔，唐代以后的家谱都还很完整，可以追溯，再往前的却失传了，今天有幸能遇见您，希望您能赐教。"

耿去病就将涂山氏辅佐大禹治水的功绩说了，还说了不少夸赞的话，胡老听了后非常高兴，对孝儿说道："今天有幸能够听到我们不知道的事情，耿郎君并非外人，快将你的母亲和妹妹请出来一起聆听，好了解我们祖先的德行。"

于是孝儿进了里屋。过一会儿，老妇人与少女就走了出来。耿去病看去，只见这少女长得纤弱娇媚，眼中闪烁着聪明的光芒，是人间少有的美人。老人指着老妇人说道："这是我的妻子。"又指着美貌女子说道："这是我的侄女青凤。她很聪慧，听过的事情都不会遗忘，所以也叫她出来听一听。"

耿去病将涂山氏的故事又说了一遍，又倒了酒喝，眼神却一直停留在青凤脸上，半天都不移开。青凤也感觉到了耿去病的目光，悄悄地把头低了下去。耿去病在桌子下方，伸出脚轻轻地踩了踩青凤的脚，青凤急忙缩回，但并没有生气恼怒。见此，耿去病更加神采飞扬，不能自已，拍着桌子说道："如果能娶到青凤，就算是南面称王我也不换！"老夫人见耿去病有了醉态，举止轻狂，就带着女儿离开了。耿去病不由失望，告别了胡老离开，但心中却始终萦绕着青凤的身影，不能忘却。

第二天夜里，耿去病再次去往旧宅，屋中兰麝的芳香犹在。耿去病在屋中等了一整夜，却没有听到人声。于是回到了家中，和妻子商议要带着全家一起搬到旧宅居住。耿妻不愿意，耿去病就自己搬回了旧宅，在遇见青凤的楼下读书。

夜里，耿去病刚刚坐下，就见到一个披头散发、面孔漆黑的鬼，睁着大眼睛盯着他。耿去病笑了笑，用手指蘸了墨水涂在了自己脸上，睁大眼睛与黑鬼对视。于是，黑鬼羞惭离去。这天夜里，耿去病正准备灭了蜡烛睡觉，却听到了门栓打开的声音，随后门自己开了。

耿去病急忙起身上楼，只见房门半掩，过了一会儿又传来一阵细碎的走路声，屋中的灯光也亮了起来。耿去病过去一看，屋中人正是青凤。青凤见到耿去病，惊慌地退了几步，赶紧将门关上。

耿去病跪在门外说道："我不怕危险来到这里，是为了你。幸好这里没有别人，如果我能握一握你的手，我就死而无憾了。"

青凤隔着门说道："你的深情我都知道，但是我的叔叔教养严格，我不敢答应你的请求。"

耿去病苦苦哀求，说道："我也不是贪图与你有肌肤之亲，只要让我看一看你的样子就足够了。"青凤态度松动，打开了门走出来扶起耿去病。耿去病心中狂喜，被青凤扶下了楼，将青凤搂在怀中。青凤说："我们前生有缘，不过过了今晚，就算是彼此思念也没有什么用了。"耿去病问道："为什么这么说？"青凤答道："我叔叔畏惧你的狂放，化身为厉鬼去吓唬你，但你不为所动。现在我们已经找到了其他地方居住，家中其他人现在都搬运东西去了，让我在这里留守。不过，明天我也要走了。"

说完，青凤便要离去，说道："叔叔应该要回来了。"耿去病却不肯让青凤离开，将青凤强行抱住，想与她欢好。正争执着，胡老进了屋子。青凤又羞又惧，无地自容，低头靠在床上，手足无措，不敢说话。

胡老怒道："你辱没门户！还不快走，再不走我就用鞭子打你了！"青凤低着头匆匆离去，胡老也出去了。耿去病一路尾随，听到胡老对青凤百般斥责，青凤低声哭泣。耿去病心如刀割，说道："这都是我的过错，和青凤没有关系！如果你能原谅青凤，就算用刀砍我、用斧头劈我，我都可以承受！"

很久之后，都没有声音传出。于是，耿去病回屋就寝。从此以后，耿府旧宅再没有传出奇怪的声音。

耿去病的叔叔听说了这件事情后非常惊奇，就将这所宅子低价卖给了耿去病。耿去病非常欣喜，领着家眷一起搬入。在此处住了一年多，耿去病觉得府邸非常舒适，只是心中没有一刻忘记过青凤。

这天是清明节，耿去病前去扫墓，见到两只小狐狸被狗追赶，其中一只向着荒野逃窜，一只则恐慌地跑在路上。这只狐狸看到耿去病后，发出了哀求的声音，它缩着耳朵抬起前足，就像是在向耿去病作揖求援一般。耿去病心中怜悯，就掀开衣裳将狐狸抱在怀中，带回家里。耿去病关上门，将狐狸放在床上，狐狸却变成了青凤。耿去病大喜过望，询问青凤这是怎么回事。

青凤说道："今天我和婢女出门游玩，遇到了猎狗。如果不是因为您，我肯定葬身犬腹了。希望您不要因为我不是您的同类，就讨厌我。"耿去病说道："我对你日夜思念，魂牵梦绕，见到你如同获得珍宝，怎么会讨厌你？"青凤说道："看来这都是天意啊。如果不是遭受这次厄难，我怎么能跟随您呢？我的婢女回去后肯定会说我已经死去，现在我可以和郎君你长久地在一起了。"耿去病听了后很高兴，另外找了住处，让青凤居住。

两年后。这天耿去病正秉烛夜读，孝儿忽然出现了。耿去病放下书本，惊讶地问孝儿为什么会来。孝儿悲伤地说道："我的父亲遭了难，除了您没有人能够救他。我的父亲本想亲自过来，又担心你不肯见他，所以我来这里找您。"耿去病问道："找我有什么事情？"孝儿问道："您认识莫三郎吗？"耿去病回道："这是我的同年。"

孝儿说道："明天莫三郎会从这里路过，如果他带了一只狐狸，希望您能够留下这只狐狸。"耿去病说道："当年楼下的羞辱，我耿耿于怀不能忘记，我不想过问这些事情。如果你非要我救你父亲的话，让青凤来求我。"孝儿哭着说道："青凤已经死在野外三年了。"耿去病掸了掸衣裳，说道："既然如此，那我们的仇恨就更深了！"于是拿起书高声朗读，不看孝儿一眼。孝儿只能起身，哭着离去。

耿去病将孝儿说的事情告诉了青凤，青凤大惊失色，说道："您会去救他吗？"耿去病说道："救是要去救的，刚才我不肯答应他，是为了报复你叔叔之前的蛮横。"青凤转忧为喜，说道："我自幼是孤女，依靠叔叔才得以长大。他以前得罪了你，也是因为家规是这样规定的。"耿去病说道："虽然是这样，但我心里还是介意。他要是真的死了，我一定不会救他。"青凤笑着说道："您的心肠可真硬。"

第二天，莫三郎果然路过此处。他骑着高头大马，挎着虎皮弓袋，身后跟着许多仆人，声势煊赫。

耿去病在门外拦住了莫三郎，只见莫三郎猎获了许多禽兽，其中有一只黑色的狐狸，血已经将它的皮毛染红。耿去病伸手去摸，感觉到狐狸还有温度，知道狐狸还活着，就对莫三郎说自己的裘衣破损，希望能用这只狐狸的皮来修补。莫三郎慷慨地将狐狸赠予了耿去病，耿去病便将狐狸交给了青凤，自己则留下招待莫三郎。

莫三郎离去后，青凤将黑狐抱在怀中。三天后黑狐苏醒过来变成了人。胡老醒来看到青凤，还以为自己已经不在人世。青凤将之前发生的事情都告诉了胡老，胡老对耿去病躬身下拜，又是感激又是惭愧，他高兴地对着青凤说："我就知道你不会死！果然如此。"

青凤对耿去病说道："如果您对我有情分的话，希望您能让我们居住在旧宅之中，让我能够回报叔叔的恩情。"耿去病答应了青凤的请求，胡老羞惭地拜别而去。

夜里，胡老一家搬了进来，从此后与耿去病如同家人一般，不再猜忌。耿去病住在书房中，孝儿常去和他饮酒谈天。后来，耿去病正妻的儿子长大，耿去病就让儿子拜孝儿为师。孝儿循循善诱，教导有方，颇有为师之范。

婴宁

痴情男抱得美人归

　　王子服，山东莒县罗店人，很小的时候父亲就去世了。王子服绝顶聪明，十四岁的时候就中了秀才。他的母亲很爱护他，一般不会让他去郊外游玩。王子服曾与萧家订婚，但还没娶进门，萧家姑娘就夭折了，所以，王子服一直没有成亲。

　　正月十五上元节这天，王子服的表哥吴生邀请他一起出门欣赏风景。刚走到村外，吴生家中仆人寻来，把吴生叫回去了。王子服看到出游的女子很多，兴致高昂，就独自游玩。

　　这时，一个女子正带着丫鬟在游玩。她容貌绝世，笑意盈盈，手里拈着一枝梅花。王子服不由得看呆了，目光久久不能移动。女子走了几步，对婢女说道："这个郎君两眼发光，和贼一样！"说完，就将梅花扔在地上，笑着走了。

　　王子服将梅花拾起，心中怅然，失魂落魄地回到家中。他将梅花藏在枕头下方，倒头就睡，不说话也不吃东西。见此情形，王子服的母亲非常担忧，请了和尚道士来到家中驱邪祈福，王子服并无起色，反倒更加消瘦。大夫来为王子服看病，开了些药，王子服服用后更加恍惚，如同昏迷。王母摸着王子服的头，问他到底是怎么了，王子服默不作声。

　　这日，吴生来到家中，王母拜托吴生悄悄地问问儿子发生了什么事情。到了床前，王子服一见吴生就流下泪来。吴生坐在床

边宽慰王子服，慢慢地话题就转到王子服的病因上，王子服就把女郎的事情告诉了吴生，央求吴生替他想想办法。

吴生笑道："你可真是太痴情了！你这个心愿有什么难的，我会替你找到这位女郎的。这女郎行走在野外，一定不是世家大族出身，如果她还没有嫁人的话，这件事一定能成。就算这女郎定亲了，到时候多给些钱财，她应该也会同意。只要你的病能好起来，这件事就包在我身上。"王子服听了这话，露出了笑容。

吴生出了卧室，将事情告诉了王母，让她打听那女子的住处，然而，王母四处寻访，也没找到女子的蛛丝马迹。王母十分担忧，却没有办法。自从吴生离开，王子服脸色舒展，也能吃下食物了。

过了几天，吴生又来了王家，王子服询问女子的事情，吴生哄骗他道："已经找到这个姑娘了。我还以为她是谁呢，原来她是我姑姑的女儿，算起来是你的姨表妹，她还没有订婚。虽说姨表兄妹结亲有些忌讳，但实际上也没什么问题。"王子服喜笑颜开，问道："她住在哪里？"吴生编造道："在西南方向的山中，离这里大概三十里的距离。"王子服又再三拜托吴生，吴生答应后离去。

从此，王子服的食量增加，身体也渐渐好了起来。他放在枕头下的梅花，虽然枯萎了，却还没有凋零脱落。王子服拿着枯梅赏玩，见到枯梅就好像见到心上人一般。吴生很久不来，王子服心中责怪，写了请柬去邀请。吴生以有事为由，推脱不来。王子服心中恼怒，郁郁寡欢。王母担心他再次犯病，急忙为他寻找对象，但每与王子服谈起亲事，王子服都摇头不肯，一心期盼吴生回复消息。

吴生很久都没有音信，王子服心中怨恨，想到三十里离这里并不算远，没有必要一定要靠吴生成事。于是，王子服揣上枯梅，孤身一人前去找寻，也没有告诉家人。

王子服独自上路，也没有人可以问路，一心朝南山方向行去。大约走了三十里，只见乱山重叠，入眼一片碧绿，令人心旷神怡。山野寂静无声，没有行人来往，只有险峻的小道。遥看山谷，谷底丛花乱树中，隐隐透出村庄的模样。王子服下山进村，发现村子里房屋不多，都是茅屋，但意趣高雅。在村子北面有一户人家，门前有丝丝垂柳，墙内有许多桃树、杏树，绿竹成荫，鸟儿栖息其中。

王子服心想，这应该是别人家的花园，不好擅自闯入，回头看到门对面有一块大石头，光滑干净，就坐在上面休息。

没过一会儿，听见墙内传来女子的呼唤："小荣！"女子声音娇细，王子服站在墙外，侧耳倾听。忽见一女子从东边走来，手上拿了一朵杏花，正低着头准备将花戴在头上。女子见了王子服，笑着进了屋。

这女子正是上元节他见到的女子。王子服心中欢喜，但找不到理由进屋，想叫屋主一声姨妈，可彼此却从未来往过，担心有所误会。屋子里的人看见王子服，也没主动开口询问。王子服在门口坐立难安，反复徘徊，从早上到日落，一直望着屋内，也不觉得饥渴。

女子有时会露出半个脸蛋偷看王子服，像是在疑惑这个人为什么一直不离去。忽然，一个老婆婆拄着拐杖走了出来，对王子服说道："哪儿来的郎君，听说你早上就来了，现在也不离开，你想干什么？你难道不饿吗？"王子服急忙起身作揖，答道："我是来探亲的。"老婆婆耳聋，听不清王子服的回话，王子服又大声地说了一遍。

　　老婆婆问道："你的亲戚姓什么？"王子服答不出来。老婆婆笑道："真是奇怪，连姓名都不知道，还说是来探亲的！我看郎君你就是个书呆子。你跟着我进屋吧，吃点粗茶淡饭，也有一张小床可以休息。等明天你回家，问清楚你亲戚的姓名，再来探访吧。"

　　王子服腹中饥饿，想吃东西，又想到能借机接近那美丽的女子，因此听到老婆婆的话后非常高兴。跟随老婆婆进屋后，只见门内的道路用白石砌成，夹道上开满了红花。老婆婆将王子服带进屋中，屋内白墙明净如镜，窗外横着数枝海棠，床榻、坐垫、桌椅茶几，无一不干净整洁。王子服刚坐下，就察觉到屋外有人在窥视。

　　老婆婆说道："小荣！快去做饭。"屋外的丫鬟脆生生地应了。王子服坐着与老婆婆聊天，介绍了自己的家世。老婆婆问道："你的外祖家，是不是姓吴？"王生答道："正是。"老婆婆惊喜道："原来你就是我的外甥！你的母亲是我妹妹，这些年来，我家中贫困，又没有男丁，所以就断了联系。如今外甥你都这么大了，我还不认识。"王子服说道："我这次就是为了姨妈您来的，仓促之间忘记了姓氏。"

　　老婆婆说道："老身姓秦，并没有生育子嗣，有一个女儿，也是偏房所生。她的母亲后来改嫁了，就将她给我抚养。她倒也不笨，不过没有受过规训，嘻嘻哈哈不知忧愁。等下我就叫她来拜见你。"过了一会儿，丫鬟端来饭菜，鸡鸭肥嫩，菜品丰盛。吃完饭后，丫鬟过来收拾，老婆婆吩咐道："去叫宁姑娘过来。"丫鬟应声离去。

很久之后，外面传来一阵笑声，老婆婆说道："婴宁，你的表兄在这里。"婴宁在门外痴痴地笑，丫鬟将婴宁推入门内，婴宁用手捂着嘴，笑得止不住。老婆婆瞪着眼，说道："有客人在，还在这里嘻嘻哈哈的，成个什么样子！"

于是婴宁强忍发笑，王子服起身对婴宁行礼。老婆婆说道："这是王郎，是你姨妈家的儿子。一家人互相不认识，真是太好笑了。"王子服问道："妹妹多大了？"老婆婆耳朵不好使，王子服又大声再问了一遍。婴宁又笑了起来，直笑得前俯后仰。

老婆婆对王子服说道："这就可以看出，她太没规矩了。她今年十六岁，却还像一个孩子一样痴呆天真。"王子服道："婴宁比我小一岁。"老婆婆说道："外甥你今年十七岁了，莫非是庚午年出生的，属相是马？"王子服应是。老婆婆问道："外甥你的媳妇是谁？"王子服道："我还没有娶妻。"

老婆婆又说："外甥你如此才貌，怎么十七岁还没有娶妻？婴宁也没有许配人家，你俩看着倒是很相配，可惜有表亲这层顾忌。"王子服无言以对，只是盯着婴宁看，目不转睛。婢女悄悄对婴宁说："他的眼睛还是像贼一样发光，没变呢！"

　　婴宁听后又大笑起来，对丫鬟说道："去看看碧桃花开了没有？"说完就起身，用衣袖掩着嘴，小步跑了出去。出了门外，仍能听到婴宁的笑声。

　　老婆婆也起身，吩咐人铺床叠被，为王子服安置。老婆婆道："外甥你来一趟不容易，就住个三五天，再送你回去。如果感觉闷，屋子后面有个小花园可以去赏玩，也有书可以读。"

　　第二天，王子服去了屋后。屋后果然有半亩左右的花园，细草柔软，白色的杨花撒在路上。王子服穿过花丛，听到树上传来窸窸窣窣的声音，抬头一看，原来是婴宁在树上。婴宁见到王子服，

又笑得前仰后合，险些掉下。王子服急忙说道："别这样！当心摔下来。"婴宁一边大笑，一边下树，笑得不能自已，快要到地上的时候，失手摔了下来，这才止住了笑。

王子服扶起婴宁，偷偷摸了摸婴宁的手腕。婴宁又笑了起来，靠在树上走不动了，很久之后才缓过来。这时，王子服从袖子中拿出枯梅，递给婴宁。婴宁拿着枯梅，说道："它都已经枯萎了，为什么还要留着它？"

王子服说道："因为这是上元节那天，妹妹你丢弃在地上的，所以我一直保存着它。"婴宁问道："留着它有什么用呢？"王子服道："用来表示对妹妹你的爱意，永远不忘怀。自从上元节见了妹妹一面后，我相思成病，本以为活不成了，没想到还能见到你，希望你能可怜可怜我。"

婴宁说道："这不算什么事，亲戚之间没有什么舍不得的。等你回去的时候，你想要院子中的花的话，就叫人过来，折上一捆带回去。"王子服道："妹妹你傻吗？"婴宁道："我怎么就傻了？"

王子服说道："我不是爱花，我是爱拿着花的那个人。"婴宁说道："我们是表兄妹，爱还用说出来吗？"王子服说道："我说的爱，不是亲戚之间的爱，而是夫妻之间的爱。"婴宁说道："这有什么不同吗？"王子服说："夫妻晚上会睡在一起。"婴宁低头，沉思了很久，说道："我不习惯晚上和人一起睡。"话还没说完，丫鬟就来了，王子服赶紧离开。

过了一会儿，婴宁和王子服在老婆婆那里相见。老婆婆问道："刚刚去哪里了？"婴宁说刚刚与表兄在花园里聊天。老婆婆又问："饭都已经做好了，哪里还有那么多话要说？"婴宁说道："表兄说要和我一起睡觉。"王子服狼狈羞窘，瞪住婴宁，婴宁就笑着不说了。幸亏老婆婆没有听清婴宁的话，王子服赶紧用别的话掩饰了过去。

因为婴宁失言，王子服责备婴宁。婴宁疑惑道："刚才的话不应该说出来吗？"王子服告诉她："这是私密的话，不能公开。"婴宁还是不理解，说道："不告诉别人就算了，难道还不能告诉母亲吗？再说了，睡觉是多么普通的一件事情，没什么隐瞒的必要。"王子服对婴宁的痴傻无言以对，却没有办法让婴宁醒悟。

吃完饭后，王子服家里人找了过来。原来，王母见王子服久不回家，生了疑心，在村子里找了个遍，连个影子都没看到。王母派人去吴生那里打听，吴生想起来之前编造的谎言，就让王家人去西南方向的山中去寻找。

王家人找了好几个村庄，终于在这里找到了王子服。王子服回屋告诉老婆婆家人找了来，请求老婆婆让他带婴宁一起回家。老婆婆很高兴，说道："我有这个想法不是一天两天了，只是我的身体不好，不能走远路。现在就由外甥你带着婴宁去认认亲戚，真是太好了。"

老婆婆呼唤婴宁，婴宁笑嘻嘻地走了过来。老婆婆说道："有什么好高兴的，一天到晚都在发笑！如果你不是这样痴傻，那可算得上是十全十美了！"说完，又瞪了婴宁一眼，嘱咐道："你表哥要带你回家，你快去收拾收拾。"

老婆婆又招待王家人吃了饭，才送他们离开。临别之际，老婆婆对婴宁说道："你姨妈家里田产充足，养得起闲人。你到了那里后，不要着急回来，要多读点书，学些礼仪，将来也好侍奉婆家。另外，还要麻烦你的姨妈，为你选一门好的亲事。"

就这样，王子服带着婴宁离开了村庄。走到山坳，回头还能看到老婆婆倚靠在门上，眺望北方。

　　回到家中，王母看王子服带回来这样美丽的姑娘，惊讶地问这是谁。王子服告诉母亲，这是姨妈家的女儿。王母说道："先前你吴家表兄说的话，都是胡编乱造的。我都没有姐姐，又哪里来这么个外甥女！"

　　王母又去问婴宁，婴宁回答道："我的亲生母亲不是现在这个母亲。我的父亲确实姓秦，在我还是一个婴儿的时候就去世了，我什么都不记得。"王母纳闷道："我确实有个姐姐嫁到姓秦的人家，但她已经过世多年，怎么可能还活着？"

　　王母继续询问婴宁，打听她现在的母亲的相貌特征，结果与王母的姐姐一一相符。王母说道："你说的特征倒对得上，但我姐姐已经去世多年，不可能还活着。"王母还是心存疑虑，正巧吴生到来，婴宁赶紧躲进内室。

　　吴生问清了事情的经过，若有所思，半晌后问道："这女子是叫婴宁吗？"王子服说是。吴生口中连连说道："怪事，怪事。"

王子服问吴生怎么知道婴宁的名字，吴生说："秦家的姑妈过世后，姑丈独自居住，后来被狐狸精迷惑，得了虚症死了。那个狐狸精生了个女儿，名字就叫婴宁。她出生的时候，裹在蜡烛包里，家里人都见过她。姑丈死后，那狐狸还常常回来。后来，家中请天师画了符贴在墙上，狐狸精才带着女儿离开。婴宁应该就是当初那个女婴吧？"

众人聊着天相互印证，室内传来了婴宁的笑声。王母说道："这个女孩也未免太痴傻了。"吴生请求让众人见一见婴宁。

王母进了里屋，婴宁笑得正欢，顾不上打招呼。王母催促婴宁出去见客人，婴宁竭力忍住发笑，对着墙壁发了好一会儿呆，才走出来。婴宁朝客人们行礼，行完礼后立即跑回了室内，放声大笑。屋子里的人都被婴宁逗乐了。

吴生提出，要去西南山中查看一下情况，顺便替表弟做媒。吴生按照地址，前往婴宁的村庄，只见村庄里没有房屋，只有山花零落。吴生想起姑妈的墓地就在这附近，可是坟墓已湮没在荒草中，无从辨认，吴生只得怅然返回。

王母怀疑婴宁是鬼，就将吴生看到的情况告诉婴宁，婴宁却没有任何惊恐的神色。王母怜悯婴宁无家可归，出言宽慰，婴宁也没有流露悲伤的情绪，只是一味地憨笑。

众人都猜不透整件事情的真相，婴宁就先住了下来，夜里与王母的小女儿睡在一起。天一亮，婴宁就去王母跟前请安，婴宁的针线活也很好，只是总是发笑，忍也忍不住。婴宁笑起来很可爱，哪怕是狂笑也不影响她的美丽，她笑起来很有感染力，周围的人都能感受到快乐。所以，邻里的姑娘少妇都争相与婴宁结交。

王母挑选了一个吉日，为王子服和婴宁举办婚礼，但她心中

总担心婴宁是鬼怪。王母暗中观察，发现婴宁的身形影子和常人没有一点区别。到了吉日，王母让婴宁穿上婚服、行婚礼，婴宁笑得前俯后仰，只能作罢。

因为婴宁有些痴傻，王子服担心婴宁说出二人私密的事情，没想到婴宁口风很紧，没有乱说过一句话。每当王母心情烦闷愤怒的时候，婴宁就过去对着她笑，给她解除烦恼；犯了错误的丫鬟害怕挨打，总是回去请求婴宁，让她去主母那里聊天，趁主母高兴，丫鬟再承认错误，这样就能免除惩罚。

婴宁爱花成痴，找遍了亲朋友邻家中的珍奇花卉，还偷偷将自己的金银首饰卖掉用来买花。几个月后，王家的台阶、篱笆、厕所都布满了花朵。

王家后院有一架木香花，靠近西边邻家。婴宁常常攀爬花架，将花摘下插在自己头上，王母责备了她很多次，她也没有改掉这个习惯。这天，婴宁像往常一样去攀摘花朵，被邻居家的儿子看到，他目不转睛地盯着婴宁，被婴宁的美色迷住。婴宁也不避开，反而对着他笑了起来。西邻儿子以为婴宁也对他有意，不禁春心荡漾。

婴宁用手指了指墙角，西邻儿子以为婴宁在暗示约会地点，欣喜若狂。傍晚时分，邻家儿子来到墙角，看到婴宁果然在这里等候。

邻家儿子上前拥抱，与婴宁亲热。忽然觉得下身像被锥子刺伤了一样，痛彻心扉，躺着大声号叫。细细看去，他抱住的哪里是婴宁，而是一段枯木！他与枯木交接的地方，是一个被雨水腐蚀的木洞。他父亲听到惨叫声，慌忙过来查看，发现枯木洞中有两只蟹一样大的蝎子。父亲将木头劈开，将蝎子杀了，背着儿子

回到家中。半夜，邻家儿子就死了。

于是，西邻控告王子服杀人，揭发婴宁是个妖怪。当地县令素来看中王子服的才学，知道他的品行端正、为人实诚，就判了西邻老头诬告，要杖责他。王子服为老头求情，县令就免除了刑罚，将老头赶出了衙门。

回到家后，王母对婴宁说："你痴傻疯癫到这个地步，我早就知道过分的快乐必然隐藏着忧虑，这次的事，幸亏县令英明，没有牵连家中。如果遇到个昏聩的，一定会将你带去公堂受审，到时候我儿子还有什么脸面？"

婴宁一脸正色，发誓不再笑了。王母又说："人哪有不笑的，只不过要分时候。"没想到，从此以后，婴宁竟然真的不笑了，即便故意逗她，她也不笑，但也没有悲伤的神情。

一天晚上，婴宁泪流满面，王子服看到非常诧异。婴宁哭泣着说道："过去因为生活的时间不长，说实话怕你惊怪。现在看到你和婆婆对我都很好，也不猜疑我，我告诉你真相应该没事了。我本是狐狸精所生，母亲离开的时候将我托付给鬼母抚养，我与鬼母相依为命十几年才有今天。我也没有兄弟，能依靠的只有你了。我母亲一个人长眠在山中，无人怜悯，也未能与父亲合葬，母亲在九泉之下也对此感到伤心怨恨。如果您不怕麻烦和花销，愿意消除她的伤痛，别人知道了也会说庶出的女儿也是有用的，就不会随便溺杀遗弃。"

王子服答应了婴宁的请求，但担心找不到坟墓的具体位置，婴宁说这件事不用担心。选定了日子后，夫妻二人用车载上棺材前去山中，婴宁准确地找到了坟墓所在，掘开后果然是老夫人的尸体，皮肤尚且完好。婴宁抚尸痛哭，二人将妇人尸体带回，与婴宁生父秦氏合葬。

这天夜里，王子服梦到老妇人前来道谢，醒来后将梦中所见告诉婴宁。婴宁说："母亲夜里过来，我是见到了的，但是她吩咐不要吵醒你。"王子服遗憾没能留下岳母，婴宁说："她是个鬼，咱们这里阳气旺盛，她可住不了。"

王子服想起当日在山中有个婢女叫小荣，就问道："小荣是谁？"婴宁答道："小荣也是只狐狸，聪明绝顶。我的亲母将小荣留下来照顾我，她经常拿果子和糕点来给我吃，我很感激想念她。昨天我问母亲小荣怎样了，母亲说她已经出嫁了。"从此以后，每年清明寒食，二人都去秦家墓地扫墓祭拜，从不间断。

过了一年，婴宁生了一个儿子。这儿子在襁褓中胆子就很大，不怕陌生人，见了谁都是笑嘻嘻的，大有婴宁以前的风采。

狐嫁女

狐狸夜间嫁女

　　吏部的殷尚书是山东历城人，年少时家中贫困，但他为人富有胆略。历城县中有一座官宦人家府邸，占地数十亩，楼宇连成一片。因为府邸中时常发生一些怪异的事情，渐渐地就成了一座废宅。久而久之，野草丛生，蓬蒿满地，白天也没有人敢进这座屋子。

　　这天，殷尚书和几个秀才聚在一起饮酒，席间有人说道："要是有人敢去这废宅里住上一晚，我们就集资请他大吃一顿。"听了这话，殷尚书一跃而起，说道："这事有什么难的！"然后拿了一卷席子就进了废宅。众人送殷尚书到门口，开玩笑道："我们先在门口等候你，你如果见到了什么，就大声呼叫。"殷尚书笑着说："要是有鬼狐之类，我就将它们捉起来，做个凭证。"

　　殷尚书进了宅子，只见繁茂的莎草都将小路盖住了，遍地都是荒蒿野艾，一抹上弦月挂在空中，昏黄的月色下门户依稀可见。殷尚书摸索着进了院子，到了后楼。登上月台，只见此处平滑光洁，是个好地方，就停下脚步。

　　此时，月亮西斜，只剩下一条线出没在山顶。殷尚书坐了很久，感觉并没有奇异的地方，暗笑外面的传闻不可信。他席地躺下，枕在石板上望着天上的繁星。快二更时，殷尚书精神恍惚，快睡着了。

　　忽然，楼下传来脚步声。殷尚书装作睡熟的样子暗中观察，只见一个青衣人拿着一盏莲花灯走了上来，见到月台上有人，大吃一惊，赶紧后退。青衣人对后面的人说道："有陌生人在这里。"后面的人问道："是什么人？"青衣人回答不认识。

　　过了一会儿，一个老翁走了上来，看了看殷尚书，说道："这是殷尚书，他已经睡着了。我们照常办事，殷尚书为人豪爽倜傥，应该不会责怪我们。"于是相继进楼，将楼中所有房门依次打开。

　　没多久，来来往往的人更多了，楼内灯火辉煌，明亮如同白日。殷尚书微微动了动身子，打了个喷嚏。老翁听见殷尚书醒了，赶紧过来拜见，并跪在地上说道："我的女儿今夜出嫁，没想到惊扰了贵人，请您千万不要怪罪。"

殷尚书将老翁扶起，说道："我不知道今夜是府上大喜的日子，很惭愧没有带着礼物过来。"老翁说道："贵人你光临这里，就能镇住这里的邪恶凶煞，我们已经很幸运了。如果能邀请您入席陪坐，那就更好了。"殷尚书欣然应允。

进了楼中，只见四处陈设华丽。一个妇人过来向殷尚书行礼，年纪大约四十岁出头。老翁介绍道："这是我的妻子。"殷尚书对着她还了一礼。

不一会儿，传来了响亮的丝竹之声，有人奔上楼来说道："来了！"老翁急忙走了出去，殷尚书也站立在一旁等候。很快，一簇灯笼引着新郎进了屋子。新郎年纪大约十七八岁，风采俊秀。老翁先让新郎向殷尚书行礼，新郎看向殷尚书，殷尚书也就如同娘家傧相一般，按照半个主人的身份回礼。然后老翁和新郎互相行了礼，才正式开席。

一群精心打扮过的丫鬟簇拥在席间，你来我往。她们端上了酒水菜肴，这些食物都热气蒸腾，用的餐具都是玉碗金盆，映得满桌生辉。

酒过数巡，老翁吩咐婢女将小姐请过来，婢女应声进了屋子，很久都没出来。于是老翁亲自进了里屋去催。过了一会儿，几个仆妇簇拥着新娘走了出来，只听得环佩叮咚悦耳，一股兰麝馨香袭来。老翁命新娘参拜殷尚书。新娘坐在了她母亲身边，殷尚书稍稍打量了下新娘，见她头上戴着凤凰装饰，耳朵上坠着玉环，容貌华丽，堪称绝世。

这时，席上的酒器换成了斗大的金酒杯。殷尚书心想，这个酒器可以拿回去给那些秀才当作凭证，就偷偷地将它藏在袖中，然后装作不胜酒力，伏靠在桌子上，一副没有精神要入睡的样子。

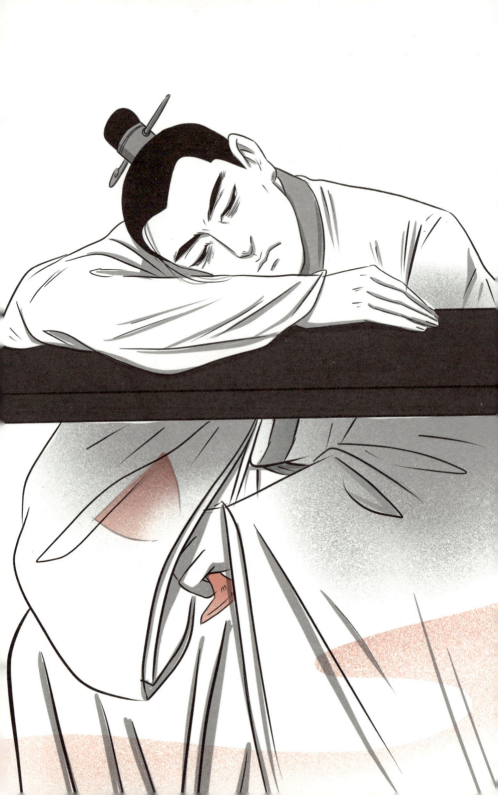

周围的人说道："相公喝醉了。"

过了没多久，新郎告辞离去，音乐声再次响起，众人也跟随下楼。这时，主人家收拾酒具，发现少了一只金酒杯，到处都找不到。有人认为酒具可能被醉酒的客人拿走了，老翁赶紧止住他们，告诫他们不要乱说话，唯恐被殷尚书听见。

又过了一会儿，楼里楼外都安静了下来，殷公这才起身。这时，楼中暗淡一片并没有灯火，但还能闻到酒水食物的香气。此时，东方已经露白，殷尚书从容离开。出门后，殷尚书摸向袖中，金酒杯仍在。到了宅院门口，秀才们已经在门外等着了，他们怀疑殷尚书夜里根本没去宅子，而是一大早再去的。

殷尚书拿出金酒杯向众人展示，大家吃惊地询问究竟，殷尚书就将夜里所见所闻告知了众人。秀才们都认为，这些东西不是贫寒的读书人家能有的，于是相信了殷尚书的话。

后来，殷尚书考中了进士，担任肥丘的县令。这天，当地姓朱的世家宴请殷尚书，席间命仆人去取酒杯过来饮酒，但仆人很长时间都不来。一个小僮走了过来，掩着嘴低声对主人说了一些话，主人听后很生气的样子。不一会儿，仆人拿着金酒杯走了过来，劝殷尚书饮酒。殷尚书看这酒杯，与当初在废宅婚礼所见没有丝毫差别。

殷尚书心中诧异，就询问主人酒杯的来历。主人说道："像这样的金酒杯我家共有八只，是我父亲在京中做官时，请手艺好的匠人制作的。这是我家传的宝物，珍藏已久。今天邀请你过来，才叫仆人开箱去取，刚刚一看竟然只剩下七只了。我怀疑是家中有人偷盗，但这箱子已经锁起来有十年之久，上面的灰尘厚厚一层，和过去一样。我实在是不知道这是怎么回事。"

殷尚书笑着说道："那可能是金酒杯长翅膀飞走了。不过家传的宝物不容丢失，我那里也有一只金酒杯，式样和您家中的一样，我等下拿来赠送给您。"

　　酒宴结束，殷尚书回到县署找出金杯，命人快马给朱家送去。朱家主人看到金酒杯，非常吃惊，亲自来到县署向殷尚书道谢，并打听金酒杯的来历。殷尚书就将事情从头到尾讲述了一遍。这才知道，即便是千里之外的东西，狐狸也能得手，不过它们也不敢占为己有。

三生

三世投胎赎罪

刘举人，他能够记得自己前世的事情。据他自己所说，他第一世是一个官员，行为上多有污点，六十二岁时去世。死后他见到了阎王，阎王就用乡里面对待贤人的礼节招待他，赐了座位，奉了茶水。

刘举人暗中看了阎王喝的茶水，发现他的茶水是清澈的，而给自己的茶水是浑浊的。刘举人心中猜疑，认为自己的茶水可能就是传说中的迷魂汤。趁着冥王看向别处，刘举人将茶水沿着案角悄悄倒了，假装自己已经喝光。

过了一会儿，阎王查看了刘举人生平所做的恶事，非常生气，命令手下群鬼将他赶下去，罚他做马。很快，就有厉鬼上来将刘举人捆走了。

厉鬼带着刘举人前行，到了一户人家，这人家门槛很高，刘举人跨不过去。正犹豫不决，厉鬼已经失去耐心，用力抽打刘举人。刘举人身上一痛，竟然翻过了门槛。再看自己，已经卧在马厩里了。这时，听到有人说道："黑马生了小马驹，是匹公马。"

刘举人心中明白，但说不出话来。又觉得饥饿难耐，不得已之下，只好在母马身下找乳吃。过了四五年，刘举人已经长成了一匹高大的黑马。它很害怕被鞭打，一看到鞭子就逃跑。主人如果要骑它，会先装上马鞍，缰绳也舒缓，倒也不算辛苦。那些奴

仆骑它就不一样，不安置马鞍，用腿用力夹着马腹，这让刘举人痛苦不已，它心中悲愤，三天不吃食物，就这样死去了。

到了冥界，冥王发现刘举人受罚的期限还没满，责骂它逃避惩罚，于是罚它做狗。刘举人懊悔不已，不想离开。一群小鬼殴打了它一番，刘举人吃痛，逃至野外。刘举人万念俱灰，想一死了之。激愤之下，从悬崖边跳下，摔倒在地不能起身。再看自己，正蜷在一处洞穴里，一只母狗正在舔舐保护它。刘举人明白，自己已经重返阳世了。

刘举人长大了一些，一见到粪便就能闻到一股香味，但它心中知道这是脏东西，坚持不去吃。做狗满一年，刘举人总处在愤怒之中，想自寻死路，但又怕冥王怪罪自己逃避惩罚。刘举人的主人一直喂养它，不肯杀掉它，于是刘举人故意咬了主人大腿，主人一怒之下将它打死了。

刘举人回到冥间，阎王询问他的死因。得知原因后，阎王对刘举人的不驯服感到很生气，命手下打了他几百鞭子，惩罚它做蛇。刘举人被囚禁在屋，暗无天日。这天，它感到烦闷，沿着墙壁爬了出去，再看自己正待在一片茂密的草丛中，这才明白自己已经变成了一条蛇。

刘举人立志再也不残害生灵，平日里都只找些果实充饥。就这样一年过去了。刘举人自杀无门，想找一个妥善的死法。这天，刘举人盘在草丛中，听见车辆行驶过来的声音，突然蹿了出去横

在路中，车轮碾过，蛇身断成两截。

　　冥王对刘举人这么快就死掉感到很惊讶。刘举人伏在地上，向阎王表明了自己的心迹。阎王见它没有罪过而枉死，就原谅了它，允许它在阴间期限满后再世为人。这个再世人，就是现在的刘举人。

　　刘举人一出生就会说话，文章书史，过目不忘。辛酉年间，中了举人。他常常向人传授经验：骑马的时候一定要戴上马鞍，因为用双腿夹马腹，马会感到比被鞭子抽打更为疼痛。

狐入瓶

机智妇人巧捉狐

　　万村石家的媳妇，总受到狐狸精的祸害，心中忧虑，但一直都没有办法赶走它。石家门后有只瓶子，每次妇人的公公回来，狐狸就会钻进瓶子躲起来。妇人发现了狐狸精的行动规律，在心中定下计策，但没有与旁人说过。

　　这天，狐狸又躲进了瓶子中。妇人立即拿来棉絮，将瓶口塞住。而后将瓶子放入铁锅中，加水烧开。瓶子渐渐热了，狐狸在里面大声呼叫："太热了！不要再恶作剧了！"妇人也不回答，狐狸的呼唤声越来越焦急，喊叫了很久之后就沉寂了。妇人拔出棉絮查看，发现瓶里只有一堆毛和几滴血。

灵官

狐狸预示灾难

朝天观有一个道士，热衷于吐纳之术。观中有一个借宿的老翁，和他爱好相同，两人就成为了道友。老翁在观中住了几年，但凡有祭祀天地的活动，他都会以有事为由，离开十几天，等祭祀结束后才回来。

道士心中疑惑，询问老翁原因。老翁说道："我们两人是莫逆之交，我告诉你实情也没关系。其实我是一只狐狸，祭祀的日子快到的时候，神灵会来清理污秽，我没有地方可以容身，所以就躲避出去。"

又到了一年祭祀的日子，老翁和往年一样离开，但这次却很久都没有回来，道士心中疑惑。

这天，老翁忽然回来了。道士问他为什么延迟了，老翁答道：

　　"这次我几乎就见不到你了！我本来想要躲远一点，但是我犯懒，觉得阴沟已经足够隐蔽了，就蜷着身子躲藏在阴沟的一只瓮下。没想到灵官清理这里的时候，一眼就看到了我，他愤怒地用鞭子抽打我，我害怕地逃跑了。灵官追我追得很急，一直追到了黄河边上，我走投无路就躲在了茅坑中。灵官嫌茅坑污秽，就离开了。我出了茅坑，但身上沾染了污秽，没法遨游人间，只能在河中洗了澡。在附近的洞穴里躲藏了一百天后，满身的污秽才消除干净。我今天来是向你告别，同时有些话要嘱咐你。你也最好离开此地去往别处，一场大劫难就要到了，这里不是安稳福地。"

　　说完，老翁告辞离去了，道士也按照老翁所言离开了这里。没过多久，李自成就攻入了北京，发生了甲申之变。

贾儿

十岁儿童机智救母

楚地有个男人外出经商，其妻子留在家里。夜里，妻子梦见和别人交合，醒来后摸了摸那人，发现是个矮小的男子。妻子观察男子的情形，发现他与正常人不一样，知道他是狐狸变的。过了一会儿，男子下床离开。房门未开，人就已经消失了。

这天夜里，妇人叫来家中厨娘与自己做伴。妇人有一个儿子，已经十岁，平时都睡在另外的床上，妇人也将他叫了过来。夜深了，厨娘和儿子都睡着了，狐狸再次来到家中。妇人口中喃喃，如同梦话。厨娘惊醒，赶紧呼叫妇人，狐狸也随之离去。之后，妇人变得精神恍惚，好像遗失了什么东西一般。晚间，妇人也不敢灭了蜡烛，还嘱咐儿子不要睡得太熟。

夜色更深，儿子和厨娘靠在墙壁上稍微睡了一会儿，醒来后发现妇人已经不在屋中。他们以为妇人出去方便了，但妇人很久都没有回来，二人心生疑惑。厨娘害怕，不敢出去寻找。

于是儿子独自拿着火把四处找寻，到了另外一个房间，发现母亲赤身裸体躺在里面。他走近搀扶，母亲也不觉得惭愧畏缩。从此后，妇人就癫狂了，整日里唱歌哭泣、叫喊怒骂，每天做出各种情状。妇人也不愿意和别人一起居住，另外安置了床给儿子，将厨娘也赶走了。

夜里，妇人的屋子里传来欢笑声，儿子听到后就点着灯过去查看。妇人反而怒气冲冲训斥儿子，儿子不以为意。因此，大家都说儿子的胆子很大。儿子每日嬉闹玩耍，不知节制，整天模仿泥瓦匠，将砖块垒在窗台上，别人阻止他也不停止。如果有人拿走一块石头，儿子就会满地打滚，撒娇啼哭。因此，别人也不敢过于触犯他。

过了几天，两扇窗户都被儿子用砖石塞满了，屋中没有一丝光能照进。儿子又开始和泥，将墙上的小孔全部涂抹起来，整天忙碌，不知劳累。墙壁涂抹好后，儿子又拿出了厨房里的菜刀，磨刀霍霍。旁人都嫌弃他顽劣，看不起他。

夜半时分，孩子将菜刀藏在怀中，用水瓢遮掩住灯光。当妇人开始喃喃自语说梦话的时候，他立即移开水瓢，让灯光照亮屋子，堵住房门大声喊叫。很久之后，屋中都没有动静。于是孩子摆出一副要离去的样子，口中说道要外出搜索。忽然间，一只狸猫一样的东西向门缝处蹿去，孩子挥刀砍去，只砍下了一只尾巴，大约有二寸长，鲜血淋漓。

妇人在一旁大声责骂，儿子充耳不闻。儿子心中遗憾没能斩草除根，恼恨地睡下，心中想到，虽然没能杀了它，但它应该也不敢再来。等到天亮，儿子沿着血迹探寻，翻过围墙追踪过去，发现血迹进到了何家的花园。这天夜里，怪物果然没有再来，儿子窃喜，但妇人躺在床上没声没息，如同死人。

不久后，商人回到家中，到床前探望。妇人看到商人后破口大骂，视如仇人。儿子将母亲的事情告诉父亲，商人很吃惊，四处请医问药，但妇人都将药汤打翻，怒骂不止。商人将汤药下在食物之中，让妇人服用。几天后，妇人渐渐安静下来。父子二人心中欣喜。

这天夜里，商人醒来发现妻子失去踪迹，父子二人又在别的房间找到了妇人。妇人的疯癫之症复发，不愿意和丈夫住在一处地方，径直奔向别的屋子。商人要拉妇人回来，妇人骂得更厉害。商人没有办法，只能把其他门全部锁上，可妇人一跑到门前，房门竟会自动打开。商人很忧虑，请了人来驱邪祈福，但也没有什么作用。

这天傍晚，儿子潜入何家的花园，躲藏在草木之中，准备探寻狐狸所在。月亮升起，忽然听到了两个人的说话声。儿子暗暗地拨开草丛，只见前方有两个人在饮酒，旁边有一个大胡子捧着酒壶，穿着棕色的衣服。

二人说话声音很轻，很难听清楚。过了一会儿，听到一个人说道："明天可以拿一瓶白酒来。"很快两人都走了，只留下棕衣大胡子一人。大胡子脱下外衣，躺在石头上休息。仔细看去，发现大胡子四肢都如同人一般，但身后垂着一条尾巴。儿子本来准备回家，但担心狐狸察觉，就在草丛中藏了一整夜。

天还没亮，之前的两人又回到了这里，嘴里不知道念叨着什么，走进了竹林。孩子回到家中，父亲询问他夜里去了哪里，儿子回答说："在阿伯家过的夜。"

这天，儿子跟随商人进城，看见帽子铺中挂卖一只狐狸尾巴，就央求父亲买一条。商人一开始不愿意，儿子拽着父亲的衣服撒娇讨要，商人不忍心拒绝，就买了一条给儿子。

商人在集市中有其他生意要做，儿子在旁边玩耍，趁父亲转头不注意，偷了钱财去买了一瓶白酒，寄存在店家那里。孩子有个舅舅，居住在城中，以打猎为生。孩子跑去了舅舅家中，舅舅有事出门了。舅母询问孩子他母亲的病情，儿子回答道："前几天好了一些，但因为老鼠咬坏了她的衣服，又开始哭闹不止。所以叫我来讨要一点舅舅打猎用的毒药。"

舅母在柜中找寻，取出了一些包裹给他。儿子嫌舅母给的分量太少，趁舅母去生火做饭，打开了柜子中的药包，取了一大把藏在怀中，然后告诉舅母不必生火做饭，称父亲还在集市中等待自己。

孩子拿了毒药出门，将毒药悄悄下进酒中，在集市上闲逛到天黑才回到家中。商人询问儿子去了哪里，儿子骗父亲说在舅舅家中。

此后，孩子整日都在集市店铺里玩。一天，孩子在人群中看到了何家花园里的大胡子，他细细分辨，确定自己没有认错人，就暗中跟在身后。

孩子找机会与大胡子攀谈，问大胡子住在哪里，大胡子回答说："北村。"大胡子问孩子住在哪里，孩子故意说："山洞。"大胡子感到奇怪，问孩子为什么住在山洞中。孩子笑着说道："我们家世代都住在山洞中，难道你们不是吗？"大胡子很惊讶，问孩子的姓氏。孩子说道："我姓胡，曾经见过你跟着两个郎君，你不记得了吗？"大胡子仔细回想，半信半疑。

孩子微微掀开衣服，露出身后的假狐狸尾巴，说道："我们混迹在人群中，但这个东西没办法隐藏，真是可恨。"大胡子问道："你在集市做什么？"孩子回答："我父亲派我来买酒。"大胡子说自己也是来买酒的。

孩子问道："你买到了吗？"大胡子答道："我家中贫困，大多数时候都是偷的。"孩子说道："偷酒还是辛苦，被发现会受到惊吓。"大胡子说道："主人安排的，我也没有办法。"

孩子顺势问道："你主人是谁啊？"大胡子说道："就是你先前见过的两个年轻郎君。他们一个和北城王家妇人私通，一个住在东村一个老头家中。老翁家的儿子很凶恶，砍下了郎君的尾巴，十来天才痊愈，现在又回东村去了。"说完就和孩子告别，说道："别耽误了我的正事。"

孩子说道："偷酒太难了。我之前寄存了一瓶酒在店家，我就将它赠送给你。我还有钱，有需要我可以再来买。"大胡子听后，惭愧自己不能报答孩子。孩子说道："我们是同类，何必因为点酒斤斤计较，等有空了，我们一起喝酒。"然后就和大胡子去取了白酒，将酒给了大胡子后回到家中。

夜里，妇人竟然安稳睡觉，不再奔向门外。孩子心中知道一定发生了异样，就告知了父亲详情，和父亲一起去查看。

果然见到两只狐狸死在了亭中，一只狐狸死在了草丛里，嘴边还有血流出。桌子上酒瓶还在，儿子拿起来摇了摇，发现酒水还没有喝完。父亲惊讶地问儿子："为什么不早点告诉我？"儿子说道："这些东西最为机灵，稍微泄漏都能被他们知道。"

商人高兴地对儿子说道："我儿简直就是讨伐狐狸的陈平（汉初名臣）。"于是父子二人拿着狐狸的尸体回家，看见其中一只狐狸是秃尾巴，尾部的刀痕还很清晰。

从此，商人家宅安宁，但妇人的身体仍然很瘦弱，虽渐渐清醒，但得了咳嗽病，咳起来能咳出数升痰，不久后就死去了。而北村王家那个妇人，一向被狐狸惊扰，商人派人去打听，发现狐狸也绝迹了，妇人恢复了健康。从此以后，商人格外看中这个儿子，让人教导他骑射。儿子后来成为了贵人，官至总兵。

海公子

秀才巧用妻，智杀蛇精

　　东海古迹岛上，有一种五色耐冬花，一年四季都不会凋零。岛上无人居住，外人也很少到这里来。登州的张生，生性好奇，喜好游猎，听说古迹岛上风景很好，就自备酒食，自己划船前往古迹岛。

　　到了岛上，耐冬花开得正茂盛，香飘数里。岛上的树木也很粗大，十几个人合围都围不住。张生反复观赏风景，很喜欢这个地方，拿出了美酒自斟自饮，只恨没有人同他一起来游玩。

　　忽然，花丛中走出了一个美人，一身红裙令人目眩，容貌举世无双。张生惊讶地问道："你是什么人？"红衣美人答道："我是胶州的妓女，跟随海公子来到这里。海公子兴致高昂，去了别的地方，我因为走不动就留在这里。"

　　张生正苦于孤单寂寞，见到美人不由得满心喜悦，招呼美人坐下与他一起饮酒。红衣女言辞温柔婉约，令人心神动摇，张生不由沉醉。张生担心海公子返回，不能尽欢，就拉着红衣女亲热。红衣女欣然同意。

　　二人正亲热间，忽然听到风声萧萧，还伴随着草木折断的声音。红衣女急忙推开张生，说道："海公子到了。"张生穿好衣服四下张望，红衣女已无踪迹。接着，一条大蛇从树丛里游了出来，它身子如同木桶一般粗。张生恐惧不已，躲在树后，希望蛇能无

视他。

蛇移到树前，用身体把树和张生一起缠住，绕了好几圈。张生的手臂被束缚在腰胯旁，不能弯曲。大蛇扬起头，用舌头刺了刺张生的鼻子。张生鼻血流淌，流到地上积成了一摊血水，巨蛇低头饮用。

张生料想自己必死无疑，忽然想起腰间的荷包里有用来毒狐狸的药，就用两个手指将药夹了出来，弄破包装后堆在掌心。张生侧着脖子，将脸对着自己的手心，让鼻血流在手心，与毒药混合。很快，血就积满了手心。

不出张生所料，巨蛇果然被张生手心的血吸引了，探头过来吮吸。还没吸尽，巨蛇忽然伸直了脖子，尾巴噼啪作响甩击在树上，半棵树都被蛇摧折了。这时，蛇像一根横梁一样直挺挺地躺在地上，死去了。

张生头晕目眩，不能起身，过了好一会儿才恢复过来，将蛇带上船回家了。回家后，张生大病了一个多月。张生怀疑之前遇到的红衣美女也是蛇精。

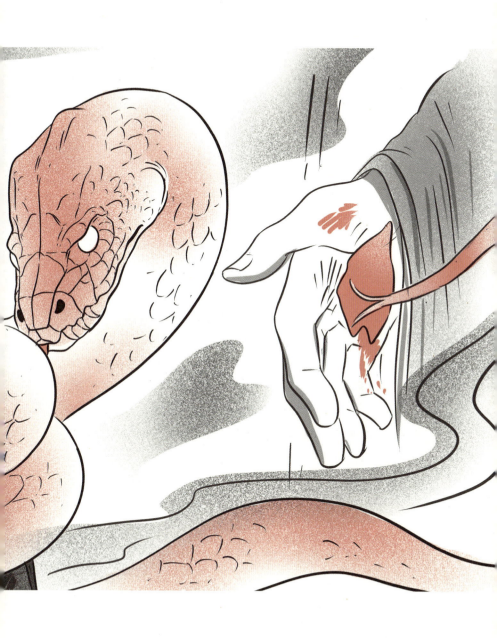

张老相公

智杀鼋怪为复仇

张老相公是山西人。因为要嫁女儿，就带着家人去了江南，亲自采买嫁妆。船到了舟山，张老相公先行过江，临走前嘱咐家人，千万不要在船上做有腥膻气味的菜，因为江里有一只鼋怪，它闻到了荤腥的香味会出来毁坏船只、吞食行人，鼋怪为祸此地已久。

张老相公走后，家人忘记了他的叮嘱，在船上烤肉。忽然，巨浪翻涌，将船打翻。张老相公的妻子和女儿全都淹没在了水中。

张老相公回来后，悔恨欲死，于是前往金山寺拜谒僧人，询问鼋怪的情况，准备找鼋怪报仇。和尚知道了张老相公的打算，惊骇地说道："我们同鼋怪住得很近，怕它带来灾祸，平日里都是把它当作神明供养起来，祈求他不要发怒，还时常杀一些牲口，我们将一半血肉投入江中，它会跃起吞入，然后离开。我们哪里能和它作对呢？"

张老相公听闻此言，顿时想出一个计策。他找了铁匠在半山腰起了火炉，炼制出个一百多斤重的大铁块，将这铁块烧得通红。

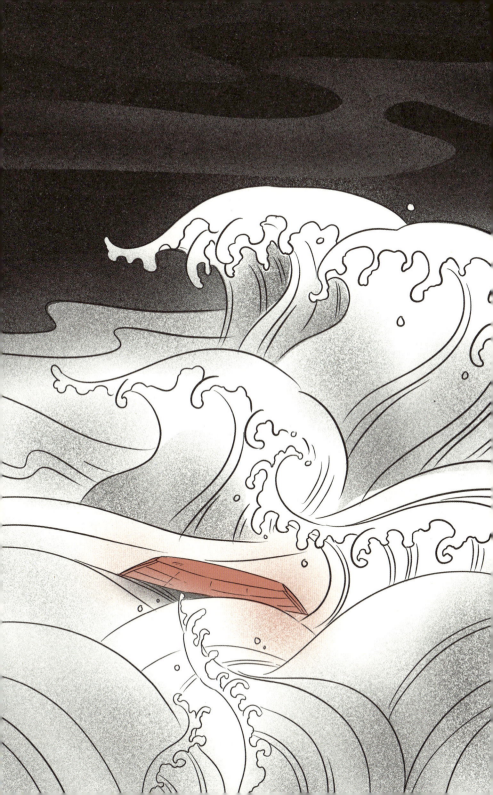

张老相公打听到鼋怪平常爱潜伏的地方，雇用了两三个健壮的男子，用大钳子将烧红的铁块扔进江中。鼋怪一跃而起，将铁块一口吞下。过了一会儿，波浪涌起，如山一样高。很快，风平浪静，这时鼋怪已经死了，尸体漂浮在水面上。

　　过往旅客和金山寺的僧人拍手称快，为张老相公修建了祠堂，还塑了他的像放在里面供奉，将他视为水神，向他祈祷总得应验。

猪婆龙

　　猪婆龙生长在江西，形状像龙但是短小很多，能横着飞翔，常常出没于江岸，扑食鹅鸭。有人捕捉到了猪婆龙，将它的肉卖给了姓陈和姓柯的两户人家。

　　这两户人家都是元朝末年陈友谅的后代，世代都吃猪婆龙，其他人家并不敢吃。有个客人从江西来，捉到另一条猪婆龙，将它绑在船上。这天船停在钱塘江，捆缚猪婆龙的绳子有些松动，猪婆龙突然逃脱，窜入江中。刹那间波涛汹涌，这艘船也沉没了。

某公

救人性命免做羊

　　山西有一个人，是辛丑年间的进士，能记得自己前世的事情。据他所说，自己前生是一个读书人，中年去世。死后他在阴间看到冥王判决事件，殿中有巨大的火炉和油锅，和阳间传说的一样。阎王殿东边有一些架子，上面放着猪、羊、狗、马等动物的皮毛。

　　有鬼吏呼唤鬼的名字，点到名的人，要么被罚做马，要么被罚做猪。这些鬼都赤身裸体，从架子上取下皮毛披在身上。过了一会儿，轮到进士了。冥王判决道："他应该被罚做羊。"

　　于是，鬼取了白羊皮过来，盖在进士身上。鬼吏说道："这人曾经救过一条人命。"阎罗王翻开书页查看，说道："免除他的惩罚。他虽然作恶很多，但是救人性命这件善事可以抵消掉那些恶事。"

　　于是，鬼吏脱下了进士身上的羊皮，这时羊皮已经紧紧粘在身上，不能脱下。两个鬼卒捉住进士的手臂，按着进士的胸口，用力撕下皮毛。进士痛苦到无法形容。撕下的羊皮断裂成一片片，没能完全撕下，进士肩膀上还粘着巴掌大块羊皮。

　　进士出生时，肩上就有一丛羊毛，剪掉后也能重新长出。

酒友

酒中知己是狐狸

有一叫车生的人，家中不富裕，但酷爱饮酒，每天夜里不喝上三大杯，就不能安睡。因此，他床头的酒瓶从不空着。

夜里车生醒了，翻身时感觉到有人睡在自己旁边。车生以为是盖在身上的衣裳坠在旁边，伸手一摸，摸到了一个毛茸茸的东西，比猫稍微大一些。车生点灯一看，原来是一只狐狸躺在旁边。

狐狸醉得厉害，酣然入睡。再看自己床头的酒瓶，已经空了。车生笑道："这是我的酒友啊。"车生不忍惊动狐狸，继续和狐狸一同睡觉，只是点着蜡烛，留意变化。

夜里，狐狸打了个哈欠，伸了伸懒腰。车生笑着说道："睡得真香啊。"掀开衣裳一看，狐狸竟变成了一个翩翩少年。

少年起身下拜，感谢车生不杀之恩。车生说道："我喝酒成癖，别人都认为我是个痴人，你就是我的知音啊。如果你不怀疑我的话，我愿意和你结为酒友。"说完，又拉了狐狸上床再次睡下，说道："你可以常来我家，不必猜疑。"狐狸答应了。

车生醒后，狐狸已经离开了。于是车生准备了一坛美酒，等待狐狸再次光临。到了晚上，狐狸果然来了。一人一狐秉烛夜谈，畅饮美酒。狐狸酒量很大，说话幽默诙谐，车生相见恨晚。

狐狸说："我多次喝你的美酒，该怎么报答你呢？"车生说道："一点酒水而已，何足挂齿！"狐狸说道："话虽如此，但

是你家中贫困，买酒的钱来之不易。我要替你想办法弄点酒钱。"第二天傍晚，狐狸来告诉车生："在这里东南七里，有人遗失了银子在路边，明天一早你可以去取回来。"

第二天天一亮，车生就去了狐狸说的地方，果然白捡了二两银子。车生买了好菜，准备夜里下酒。狐狸又对车生说道："院子后面埋着东西，可以去挖掘。"车生依言照办，果真挖出了一百多贯钱。

车生高兴地对狐狸说："现在口袋里有的是钱，不愁买酒了！"狐狸说道："别这么高兴，这点钱也只是杯水车薪，还是要另想办法。"

有一天，狐狸对车生说："市场上荞麦的价格都很低廉，可以买下囤积。"车生照办，买了四十多石的荞麦，其他人知道了都嘲笑他。没过多久，当地大旱，其他庄稼都枯萎了，只有荞麦可以播种。

车生出售荞麦，获利十倍。从此后，车生变得富有，还买下了二百亩良田。车生听从狐狸的吩咐，狐狸让他种麦子，麦就丰收；让他种小米，小米就丰收。播种的时间，也由狐狸决定。

狐狸和车生日渐亲密，称呼车生的妻子为嫂子，把车生的儿子当作侄子看待。后来，车生去世，狐狸也就不再去车家了。

阿宝

广西有一个书生，名叫孙子楚。孙子楚天生有六个手指，性格迂腐，不善言辞。别人欺骗他，他总是信以为真。有时候参加宴席，有歌伎在座，他在远处看到了掉头就走。

别人知道他的性格，故意将他引过来，吩咐妓女亲近调戏他。孙子楚当即脸红到脖子，汗如雨下。众人以此为乐，将孙子楚的呆样编成笑话四处讲述，还给他取了个绰号叫"孙傻子"。

当地县城有个商人，家中富裕堪比王侯，他的亲戚也都有权有势。商人有个女儿名叫阿宝，貌若天仙。他想为女儿找一个如意郎君，富贵之家的公子少爷们都争相求娶，但富商看了后都不满意。

孙子楚当时已经死了妻子，有人戏弄他，让他请媒人去富商家求娶。孙子楚没有自知之明，真的照办了。富商听说过孙子楚的名声，但是嫌弃孙子楚家中贫困。媒婆刚要离开富商家，恰好遇见了阿宝。

阿宝问媒婆是替谁来说亲，媒婆如实告知。阿宝开玩笑道："他如果能够去掉第六个手指，我就嫁给他。"媒婆将阿宝的话告诉了孙子楚。

孙子楚说："这件事并不难。"媒婆走后，孙子楚拿起斧头，将第六个手指砍下。他顿感剧痛入心，血流如注，快要昏死过去。

休息几天后，孙子楚才能起身。他拿着手指去见媒婆，媒婆大惊失色，将孙子楚的行为告诉了阿宝。

阿宝也很惊奇，又开玩笑要让孙子楚去掉他的傻劲儿。孙子楚听说阿宝的要求后大声分辩，称自己并不痴傻，但没有机会当面对阿宝解释。

孙子楚转念一想，阿宝也未必如传闻一样美若天仙，为什么要将自己放置在这样高的位置？求娶阿宝的念头就冷了下来。

正值清明，按照风俗，当天女子会出门踏青。一群轻薄少年结伴出行跟在女子们身后，点评她们的美丑。孙子楚同社的朋友，强行拉着他一同前去。有人故意嘲笑道："你不想去见一见阿宝吗？"孙子楚知道这人是在戏弄他，但因为之前受过阿宝的调侃，也想见一见她，便高兴地和众人前去。

孙子楚远远地看见有女子在树下休息，周围围着一群恶少。旁边人说："树下的人一定是阿宝。"他快步走近，得知被围住的人果然是阿宝。孙子楚一看，阿宝当真是美丽无双。

围着阿宝的人越来越多，阿宝急忙起身离去。众人沉醉于阿宝美色，品头论足，只有孙子楚一声不吭。等众人都走了，回头一看，孙子楚还呆呆地站在原处。孙子楚性情一向如此，众人不以为意，推推拉拉地将他送回家中。

孙子楚回到家中，直接上床躺下，整日也不起身，叫他也不醒。家中人怀疑他丢了魂魄，就去野外为他招魂，但没有效果。家人用力拍醒他，问他怎么回事。孙子楚迷迷糊糊地说道："我在阿宝家。"家人正准备细问，孙子楚又不说话了，家人都很疑惑他说的话。

当时孙子楚见了阿宝，心中不舍，觉得自己的魂都跟着阿宝走了。他与阿宝越来越近，也不见有人呵斥他。孙子楚的魂魄跟着阿宝回家，坐躺都挨着阿宝。夜里，和阿宝亲热，非常快乐。孙子楚只觉得腹中饥饿，想要回家吃饭，却找不到回家的路。

阿宝夜间做梦，梦中与人亲热，阿宝问他姓名，他说："我是孙子楚。"阿宝心中奇怪，但也没法告诉别人。

孙子楚躺了三天，奄奄一息气若游丝。家人非常恐慌，委托人婉转地告知富商，想去他家中为孙子楚招魂。富商笑着说："我们平日里也不往来，魂怎么可能丢在我家里。"孙家人再三恳求，富商终于同意。

巫师拿着孙子楚常穿的衣物和草席去了富商家，阿宝听闻巫师的来意，大吃一惊。她将巫师领到自己的闺房，任凭巫师招魂。

巫师回了孙家，这时，孙子楚已经躺在床上呻吟了。醒来后，孙子楚把阿宝闺房中的梳妆用品、各式陈设，包括颜色名称都说得一清二楚。阿宝听说后，非常吃惊，但心里也被孙子楚的痴情感动。

孙子楚起床，坐着凝神思考，恍惚间忘记了周围的一切。孙子楚常常打听阿宝的消息，希望有幸能再见到她。四月初八，正是浴佛节。这天，阿宝前去水月寺烧香，孙子楚一大早就去路边等候，眼睛都看花了。到了中午，阿宝姗姗而来。阿宝在车上就见到了孙子楚，用手揭开了车帘，盯着他看。

孙子楚更加心动，在后面跟随。阿宝突然叫丫鬟来询问他的姓名，孙子楚殷勤地自我介绍，神魂颠倒。等到阿宝的车辆离去了，他才回到家。

回到家后，孙子楚又病倒了，昏昏沉沉，不吃不喝，在睡梦中常常呼唤"阿宝"。醒来后，孙子楚的灵魂又丢失了。

孙家养了一只鹦鹉，忽然间死去了，小孩将鹦鹉拿到床上戏弄。孙子楚想到，如果自己变成鹦鹉，不就可以飞去见阿宝了吗？想着想着，孙子楚的身体真的飘飘忽忽地变成了鹦鹉。鹦鹉振翅飞去，直达阿宝闺房。阿宝高兴地捉住鹦鹉，绑住它的翅膀，拿芝麻喂它。

鹦鹉忽然叫道："姐姐不要拴住我的翅膀，我是孙子楚。"阿宝大吃一惊，急忙揭开绳子，鹦鹉也不飞走。阿宝说道："你的深情我铭记在心，可是现在我是人你是禽类，我们都不是同类，怎么可以成亲在一起呢？"鹦鹉说道："能在你身边，我就心满意足了。"

于是鹦鹉留在了阿宝身边，别人喂鹦鹉吃东西它都不吃，只有阿宝亲自喂，它才肯吃。阿宝坐着，鹦鹉就飞在阿宝膝上；阿宝躺下，鹦鹉就依偎在床边。就这样过了三天，阿宝对鹦鹉很是宠爱。

阿宝暗中派人去看孙子楚，得知孙子楚已经昏迷了三天，只是胸口还有一点暖意。阿宝对鹦鹉说道："你如果能重新变成人，我发誓就算是死也嫁给你。"鹦鹉说道："骗我！"阿宝对天发誓，鹦鹉侧着眼睛若有所思。过了一会儿，阿宝弯腰脱鞋，鹦鹉忽然飞下叼起一只绣鞋飞了出去。阿宝急忙呼唤它，鹦鹉已飞远了。

阿宝派年老的婢女去孙家查探，得知孙子楚已经醒来。孙家人看到鹦鹉衔了一只绣鞋回来，然后倒在地上立即死去，都感到很奇怪。孙子楚醒了以后就问家人索要绣鞋，家人都不知道原因。

这时，阿宝派的老妇人进来探望孙子楚，问他鞋子在哪里，孙子楚说道："这是我和阿宝的信物。你回去转达阿宝，千万不要忘记千金一诺。"老婢女回去后将事情讲给阿宝听，阿宝更加

惊奇，让老婢女将事情都告诉自己母亲。

阿宝母亲确定这件事情后，说道："这个人才名不差，就是家境太贫寒了。我们选了这么多年，最后选了这样一个人，恐怕被那些显贵耻笑啊。"阿宝因为绣鞋的缘故，坚决不肯嫁给别人。

富商夫妇没有办法，只能依她，于是派人将喜讯告知孙子楚。孙子楚大喜，病立即就好了。富商和孙子楚商量，希望他能够入赘。阿宝说："女婿不能长久住在岳父家中，何况他本来就贫寒，住久了会被人轻贱。我既然已经答应了他，就算住茅屋、吃野菜，也无怨无悔。"于是孙子楚将阿宝娶回家中，二人相处融洽，如同前世夫妻团圆一般。

因为得了阿宝的嫁妆，孙家经济状况得到改善。孙子楚痴迷读书，不知道打理家业。阿宝善于经营，也不因为这些杂事打扰孙子楚。过了三年，孙家变得更加富有。

不幸的是，孙子楚得了消渴病（糖尿病）过世了。孙子楚死后，阿宝悲痛欲绝，眼泪没有停下来过，不吃不睡。别人劝解阿宝，她也不听，夜深人静的时候找机会上吊自尽了。丫鬟发现后，赶紧将阿宝救下，一番抢救后才苏醒过来，但阿宝还是不肯吃东西。

三天后，亲朋好友都到了，为孙子楚举办葬礼。忽然棺材中传来呻吟声，打开一看，孙子楚已经复活了。孙子楚说道："我见到了阎王爷，因为我生前忠厚老实，阎王爷就让我在阴间衙门做部曹。忽然，有人向阎王爷禀告说，我的妻子阿宝就快到了。阎王爷查看生死簿，说道：'这人不应该死。'那人又报告说：'此人已经绝食三日了。'于是，阎王对我说：'我被你妻子的节义感动，赐你复活。'接着，就派了小卒牵马送我回来。"

从此后，孙子楚的身体逐渐康复。

到了参加科举的时候，考试前，一群少年人戏弄孙子楚，一起编了七道生僻的试题，将孙子楚拽到偏僻的地方，告诉他："这是有人通过关系拿到的试题，现在将题目给你，你可要千万保密。"孙子楚信以为真，回去后日夜钻研思考，将这七道题目写成了文章。捉弄他的人暗笑不止。

谁知，当时的主考官认为题目太大众，会导致抄袭雷同的弊病，特意找了些生僻的题目。试卷发下，孙子楚准备的七篇文章竟然与题目相符。于是，孙子楚考了第一名。第二年，孙子楚又考中了进士，被授为翰林。

皇帝听说了孙子楚的事情后很好奇，传唤他询问。孙子楚如实禀明，皇帝听了后很高兴，对他称赞有加。后来还特意召见了阿宝，大加赏赐。

遵化署狐

狐狸为家人报仇

　　诸城人邱公，曾担任遵化地区的道台。遵化的衙门里有很多狐狸，狐狸们聚居在衙门最后一栋楼中，将这里当作自己家。

　　狐狸们时常出来害人，人越是驱赶它们，它们越是猖獗。历任官员们都摆出三牲祭祀祈祷，从来不敢得罪狐狸。邱公到了此地后，听到这种情况感到很生气。

　　狐狸们也畏惧邱公的刚烈，变成一个老婆婆，对邱公的家人说道："请告知邱大人，不要伤害我们。请给我们三天的时间，我们会带着小辈避开。"邱公听了这话，默不作声。第二天，邱公阅兵完毕，让士兵们先不要解散，命他们将营中的巨炮搬进衙门，将狐狸居住的楼围了起来。

　　千门大炮一起发射，这座高楼立刻就化为平地，狐狸的毛发血液如雨点一样落下。只见一片浓雾之中，有一缕白气。白气从烟雾里冲了出去，众人看见了都说："逃了一只狐狸。"从此以后，衙门里都很平安。

　　又过了两年，邱公派遣心腹带银子前往京城，谋求升迁。事情还没办成，心腹就将银子寄存在一个班役家中。忽然，一个老头去了宫前击鼓鸣冤，说自己的妻子、儿子惨被杀害，又举报邱公克扣军粮，向权臣行贿，贿赂的银子都藏在班役家中，可以去调查证实。

朝廷下旨，押着老头一起去查验。到了班役家中，在屋子里搜遍了都没有搜到证据，

　　老头用脚点了点地上，官员们明白了他的意思，挖开了老头点的地方，果然搜出了银子。这些银子上面都刻着"某郡解"的字样。官员们再寻找老头，发现他已经失踪了。官员们按照老头所说的姓名去寻找，也查无此人。

　　邱公因此受到了惩处，这才知道老头就是先前逃走的狐狸。

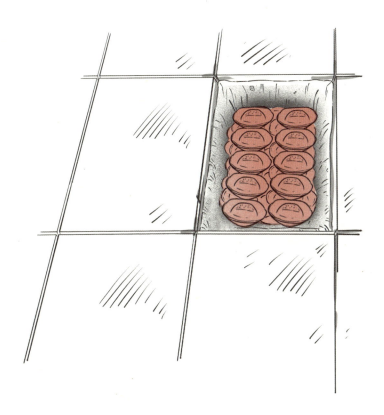

潍水狐

老狐预知未来

潍县李家有一座闲置的宅邸。这天，一个老翁前来租房，愿意每年付给主人五十两银子。

主人答应了。但老翁一去不回没有消息，主人便让管家将房子租出去。第二天，老翁来了。他质问道："我已经和你约定好了租房子，你为什么还要把房子租给别人呢？"

主人说了自己的想法，老翁说道："我是要长住这里的，准备挑选一个吉利的日子再搬过来，所以一直没有搬入。十天后就是吉日，到时候我就入住了。"

然后老翁预付给了主人一年的房租，对主人说道："我就是一整年空着房子，你也不用多问。"

老翁说的吉日已经过去了好几天，还是不见有人搬入。主人前去查看，发现宅门从里面锁住了，屋内炊烟升起，有人声传来。

主人心中奇怪，就递了名片拜访。老翁快步迎了出来，笑着将主人请进了屋子。主人回家后，派人给老翁送去了礼物，老翁也回赠了丰厚的礼物。

又过了几天，主人设宴款待老翁，两人相谈甚欢。主人问老翁是哪里人，老翁回答说是陕西人，主人心下有些诧异。

老翁说道："你们这里是块福地，我的家乡已经不能居住了，很快会有灾祸发生。"当时陕西还很太平，主人也没有多问。过了一天，老翁送来请柬，回请主人。老翁宴席的陈设饮食，都非常铺张奢侈，主人心中越发惊奇，怀疑老翁是告老还乡的大官。

老翁因为与主人有了交情，就对主人说了自己是狐狸。主人惊骇不已，逢人就说这件事。当地的官员、乡绅们听说了这件奇事，纷纷登门拜访，与老翁结交。老翁态度非常好，热情招待了他们。渐渐地，老翁与州府的官员也有了交情。

奇怪的是，老翁唯独不肯见潍县的县令，找了很多理由推脱。县令找了李家主人从中说情，老翁也推辞了。主人问老翁缘故，老翁回答道："您不知道，他前世是一头驴，虽然现在当了官，但也是个利欲熏心的人。我虽然不是人类，但也耻于与他为伍。"

主人编造了谎言告诉县太爷，称狐狸畏惧他的神异，不敢与他相见。县令相信了这个说法，打消了结交的念头。

没多久，陕西果然发生了战争。都说狐狸能预知未来，看来是真的。

龙

四条龙的故事

　　河北地界有一条龙堕入村中，它在地上笨拙地爬行，进入了一户乡绅家中。这家人的大门刚好能容纳龙的身躯，龙勉强能进去。乡绅家人四散奔逃，有的在楼上哇哇大叫，有的架起了土炮攻击。

　　龙没有办法，只能退出这户人家。这家门外有一条小沟渠，水浅不过一尺。龙爬入沟中，在里面辗转打滚，身上沾满了泥巴。它奋起一跃，总是在一米多高就摔下。龙在泥污中盘桓了三天，苍蝇聚集在它的鳞甲上，看上去非常狼狈。这天，忽然下起了大雨，龙霹雳一声腾空离去。

　　有一个叫房生的人，曾与朋友一起攀登临淄县的牛山，在山中寺庙游览。忽然间，屋檐上掉下一块黄色砖头，砖头上趴着一条小蛇，如同蚯蚓。小蛇转了一圈，变得手指粗细；小蛇又转一圈，已经有衣带一样长度。众人看了都很惊恐，认为小蛇是龙，于是快步下山。刚走到半山腰，就听到寺庙中传来霹雳一声，天上黑云如盖，一条巨龙在天上蜿蜒飞行，好一会儿才消失。

章丘县有一个小相公庄。这天，一个村妇在野外遇到了大风，尘沙扑面。妇人觉得一只眼睛好像进了异物，又吹又揉，都没有办法。掰开眼皮一瞧，眼珠并没有什么问题，只是眼白上有一条弯弯曲曲的红线。有人说："这条红线是条隐藏的龙。"妇人听了后很害怕，只能等死。过了三个月，天降暴雨，一声惊雷响起，这条龙从妇人眼睛里飞出，妇人却安然无恙。

　　袁宜四讲了这么个故事："这件事发生在苏州，那天天色昏暗，风雷大作。很多人都看到了龙飞行在云边，鳞甲张动，两个爪子捧着一个人头。好一会儿，龙才隐没在云中。不过也没听说有谁丢失了脑袋。"

蛰龙

这天，于陵人曲公正在楼上读书。当时阴雨连绵，天色晦暗。忽然间，他看到了一个亮晶晶的东西在地上蠕动。这东西经过的地方，都会留下一条黑色的痕迹。

这东西爬上了书本，书很快就变得焦枯。曲公猜想，它应该是龙，于是捧起书本，想送它离开。曲公捧着书本在门外站了很久，但龙一动不动。曲公说："难道你是认为我不够恭敬吗？"于是曲公捧着书回到屋中，将书放在桌上，然后换上了官服、戴好官帽，恭送于它。

刚到屋檐，龙就抬起头伸展了身体，飞离了书本。它发出了嗤嗤的声音，如同一道白光。龙飞出了数步，回头看向曲公。只见它的头比瓮还要大，身长数丈。龙折回身子，只听霹雳一声，龙已冲天而去。再看龙爬行过的地方，原来它是从书箱里爬出来的。

黑兽

老虎宴请黑兽

李敬一老先生说过这样一个故事：

有一个人在沈阳参加宴会，宴会地点在山顶上。这人站在山顶上俯瞰四方，忽然见到一只老虎叼着一样东西。这老虎用爪子挖了一个洞，将口中的东西埋好就走了。

这人派人去查看老虎埋下的东西，竟然是一只死鹿。查看的人把死鹿取出，又将泥土盖上，装作什么都没有发生的样子。过了一会儿，老虎带着一只黑色的怪兽走了过来，这黑兽的毛有几寸长。

老虎在前面引路，就像在迎接尊贵的客人一般。到了埋鹿的地方，黑兽站在一旁等候。老虎伸爪入洞，发现鹿已经消失了。老虎浑身发抖，伏在地上。

原来，老虎是邀请黑兽来享用鹿肉的。黑兽以为老虎欺骗自己，勃然大怒，伸出爪子攻击老虎的额头，老虎立即就死去了。而后，黑兽径直离去。

雨钱

滨州有一个秀才在书房内读书，忽然有人敲门。秀才打开门，门外站着一个老翁，白发苍苍，衣着古朴。

秀才请老翁进屋，互通姓氏。老翁说："我名叫养真，姓胡，是一个狐仙。因为钦慕你的高雅，想与你结交。"

秀才性情向来旷达，不以为怪。二人谈论古今，老翁学识渊博、妙语连珠，引申经书义理，也很深刻高妙，不是常人所能及。秀才叹服，挽留老翁住了很久。

这天，秀才悄悄地请求老翁，说道："您对我非常关爱，但我实在是太贫穷了，您只需要挥一挥手，金银财物就会滚滚而来，为什么不稍微周济一下我呢？"老翁沉默了很久，说道："这事简单，但需要十几枚钱作为本钱。"

秀才拿了十几枚钱交给老翁，接着，老翁与秀才进了一间密室，老翁踏着巫师的步子念起了咒语。过了一会儿，几百万的铜钱就从房梁上掉了下来，如同骤雨一般，转眼就堆到了膝盖，没有可以落脚的地方。老翁对秀才说："这样你满意了吗？"秀才说："够了。"老翁挥了挥手，钱雨立即停了下来。

秀才暗自高兴，以为自己一夜暴富。秀才回到密室，准备取钱花用，这时发现满屋钱财化为乌有，只有那十几枚本钱还在。秀才非常失望，怒气冲冲地质问老翁，责怪老翁欺骗自己。老翁

也很生气，说道："我与你是文字之交！我可不想和你一样做贼！你想要得到钱财，那你就去找梁上君子做朋友，至于老夫，恕难从命！"

说完，老翁拂袖离去。

蹇偿债

懒人做驴还债

李著明为人慷慨、乐善好施。他的同乡王卓，在他家中当用人。王卓自小游手好闲，不操持农务，家中贫困。但王卓有些小技能，能做些杂务，所以能拿到的赏钱也不少。

有时候早上没吃的了，王卓就哀求李著明，李著明每次都会给他几升几斗米粮。这天，王卓对李著明说道："小人每天都能得到您丰厚的赏赐，一家三四口人才不至于饿死。但是这不是长久之计，希望您能借给我一石绿豆作为本钱。"李著明欣然应允。

王卓带着绿豆走了，过了一年也没有偿还。李著明问他情况，才知道那石绿豆早已经用完了。李著明可怜他穷，也没有追究。

李著明在寺院读书。过了三年，忽然梦到了王卓，王卓说道："小人借了您的绿豆，现在来偿还了。"李著明安慰他道："如果真的要你还债的话，平时借给你的，你哪里还得清？"王卓神色惨然，说道："确实如此。但是一个人受了他人的恩惠怎么可以不还呢？何况还受了那么多恩惠。"说完就离开了。醒来后，李著明感到很奇怪。

过了一会儿，仆人过来禀告："夜里母驴生了一只小驴，还很高大。"李著明这才醒悟过来，这只小驴应该就是王卓。过了几天，李著明回到家中，开玩笑用"王卓"来呼唤这只小驴，没想到它竟然马上奔跑了过来，仿佛能听懂一样。从此以后，这只小驴就被叫作"王卓"。

　　后来，李著明骑着小驴去青州，管理仓库的内监看了这头驴非常喜欢，愿意高价购买。价钱还没商量好，李著明就因为家中有急事返回了。又过了一年，小驴被槽内的雄马咬断了腿骨，怎么都医治不好。

　　有个牛医来到李家，希望李著明能够将小驴给他，他会精心治疗小驴。如果治好了小驴，卖掉的钱就与李著明对半平分。李著明同意了。

　　过了几个月，牛医卖掉了小驴，得了一千八百钱，送了一半来给李著明。李著明这才反应过来，九百钱正是当初绿豆的价格。

鼠戏

老鼠演戏

　　有一个人在长安街上表演驯鼠，他背着一个包袱，里面装着数十只小老鼠。在人口聚集的地方，他会拿出一个木架子放在自己肩膀上，仿佛一座戏楼。他拍着鼓板，唱起古代的杂剧。歌声一响起，老鼠就会从包袱里爬出来，老鼠穿着小衣服，蒙着面罩，从他的背后爬上"戏楼"，像人一样站着跳舞。

　　男女的悲欢离合，老鼠都表演得合乎剧情。

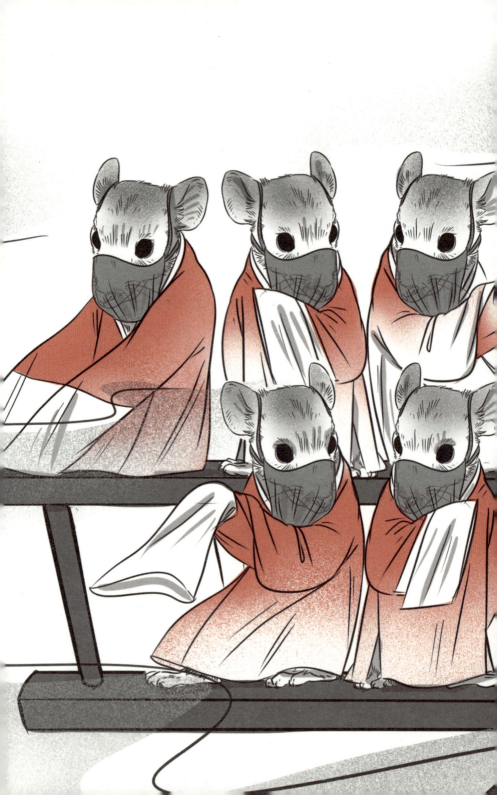

阳武侯

猛虎上身变英勇

　　阳武侯薛禄，是胶州薛家岛人。薛禄的父亲薛太公家中贫困，在官宦人家放牛。官宦家有片荒田，薛太公就把牛赶到这里。薛太公常在这里见到蛇和兔子在草丛中搏斗，认为这件事不同寻常，就请求主人把这块地给他做墓地。主人同意了，薛太公就在荒田里盖了茅草房住下。

　　几年后，薛太公夫人临产。当时，两个指挥使奉命巡查岛上，不巧天降大雨，就在薛家门前避雨。薛太公走出门来，指挥使问他："刚才发生了什么事？"薛太公回答道："刚才我妻子生孩子。"

　　指挥使又问生的是男孩还是女孩，薛太公答道："男孩。"指挥使听了后很惊讶地说道："他以后一定是贵人！不然凭什么让我们两个指挥使为他看守门户呢？"两人感叹着离去。

　　薛禄渐渐长大，脸上时常挂着鼻涕，很不聪明。胶州岛上姓薛的人家都属于军籍，这年，轮到薛太公家出一个男丁去辽阳服兵役，薛太公的长子对此很忧虑。当时薛禄已经十八岁了，大家都嫌弃他蠢笨，没有人愿意与他订婚。

　　这天，薛禄主动对哥哥说道："大哥你唉声叹气，是因为要去辽阳服兵役吗？"薛大哥说是。薛禄说道，"你要是肯把丫鬟给我做妻子，我就承担责任去服兵役。"薛大哥听后很高兴，立

即就将丫鬟赠予了薛禄。

于是，薛禄带着丫鬟远赴辽阳。走了几十里路，天上下起了暴雨。路旁有一处山崖，夫妻二人就去崖下避雨，等雨停了后才继续赶路。二人刚离开山崖，山崖就崩塌了。当地人远远地看着，只见两只老虎从山崖内跳了出来，靠近薛禄夫妇后就消失了踪影。

从此以后，薛禄英勇矫健非同一般，气质与过去大为不同。因为善于作战，得了军功，薛禄被封为阳武侯，世代承袭爵位。

蛤

寄生小螃蟹

东海有一种蛤，饥饿的时候会浮在岸边，壳微微张开；壳中间会有小螃蟹爬出，小螃蟹身上系着细细的红线，可以离开壳数尺远。等小螃蟹猎食完毕回到壳中，壳就会合拢。如果剪断了连接壳与螃蟹的红线，则两者都会死亡。

牛犊

算命人神机妙算

　　楚国有一个农夫赶集回家，在路上暂时休息。接着，又来了一个算命的人，二人攀谈起来。算命的人看了看农夫，说道："我看你面色不祥，三日之内会破财，还会有刑罚之灾。"

　　农夫说道："我的官税都已经缴纳完了，平生也不和人有争执，怎么会有刑罚呢？"算命的说道："这我也不知道，但你面相上是这么显示的，不可以不谨慎啊！"农夫并不相信他的话，拱手道别离开了。

　　第二天，农夫在野外放牛，恰好有驿马路过。农夫的牛误以为驿马是老虎，用牛角去攻击驿马，驿马就死了。差役将农夫告到衙门，官员略微责打了一下农夫，命他偿还马的银子。

　　原来，水牛见到老虎就一定会争斗，所以那些牧牛的在野外，都会用牛来护卫自己。远远地看见有马经过，就会急忙驱着牛避开，以免牛将马误认为虎，发生争斗。

蝎客

南方有一个贩卖蝎子的客商，每年都会去山东临朐收购大量的蝎子。每当他去了这里，当地人都会拿着工具进山，到处搜捕蝎子。

这年，客人又来了临朐，寄宿在旅店中。忽然，客商心中跳动不安，毛骨悚然。客商急忙去找店主，说道："我残害太多生灵了，现在蝎鬼要来杀我，求你救救我！"店主环顾店里，找了一口大瓮，将客商盖在瓮中。

过了一会儿，一个人急匆匆地进了旅店，他头发发黄，面貌狰狞。这人问店主："南边来的客商在哪里？"店主说道："他已经去了别的地方。"

黄发人四处张望，发出三下嗅声，然后就离开了。店主说道："幸亏躲过去了。"然后拿开大瓮，发现客商已经化为了一摊血水。

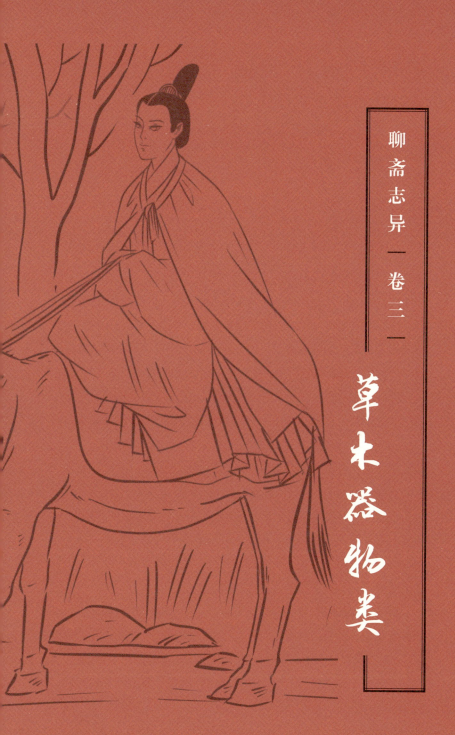

聊斋志异 卷三

草木器物类

妖术

于公年轻的时候很有侠义之气，喜欢打拳，颇为勇武。他力气很大，能够提着计时的大漏壶转圈。崇祯年间，于公在京城参加考试，他的仆人染上时疫卧病在床，于公很为自己的仆人担心。

恰好街市上有一个擅长占卜算命的人，据说能看出人的生死，于公便去替自己的仆人算了一卦。于公还没开口，算命的人就说道："你是来替你的仆人算命的吗？"于公很吃惊地点头。

算命的人说道："生病的人倒没大问题，反而是你处在危险之中。"于公就为自己算了一卦，算命的起了卦后惊讶地说道："你三天后就要死了！"于公惊诧了很久。算命的从容说道："我有一些小法术，如果你能够给我十两银子作为报酬，我能够免除你的灾祸。"

于公心想，生死自有上天注定，哪是一个小法术就能化解的，就没有同意算命人的要求，准备离开。算命的人威胁道："你吝啬这点小钱，可千万别后悔！"和于公关系好的人都为他感到忧虑，劝说他花钱消灾，于公不肯听从。

很快三天期限就要到了。这三天里，于公都端坐在旅店中，静静地观察，但自己没有丝毫不适。到了晚上，于公关了房门点了灯，身子靠在宝剑上，直身而坐。夜色渐深，没有任何异常出现，也没有任何临死的征兆。于公正准备上床睡觉，忽然听见窗缝间传出窸窸窣窣的声音。

于公急忙看去，只见一个小人扛着长戈进来，一落地就变成了正常人的身材。于公挥剑刺去，这人飘忽不定，于公没有刺中。很快，这人又变回了小人模样，四处寻觅床缝准备逃跑。于公再次挥剑，小人中剑倒下。

于公拿了油灯照看，发现这是一个纸人，已经被拦腰斩断。于公不敢再睡，坐着等候。

过了一会儿，又有一样东西穿过窗户进入房间，只见这东西面目狰狞如同恶鬼。它刚一落地，于公迅速拔剑攻击，将它斩为两截。这两截身体在地上蠕动，于公担心它还能攻击，接连又刺了几剑，每剑都准确命中，只是发出的声音不像砍在肉体上。于公仔细一看，原来这是一个泥人，此时已经碎成一片片了。

经过这两次攻击，于公直接将座位移到了窗边，紧紧地盯着窗缝。过了好一会儿，窗外传来一阵牛喘息的声音，一个东西用力撞击窗户，墙壁也随之震动摇晃，随时会倒塌。于公怕被压在坍塌的房中，决定冲出去与怪物决斗。于公迅速地拨开门栓，冲出屋子。

只见一个巨鬼站在屋外，大约有房檐那么高。月色昏暗，于公就着月色看清了巨鬼的模样，它面如黑炭，眼放黄光，上身赤裸，下身赤足，手上提着一把弓，腰间插着箭。

于公惊骇不已，还没反应过来，巨鬼就弯弓射向了他。于公挥剑抵挡，箭应声落地。于公起身向前，准备刺向巨鬼，巨鬼又弯弓射了过来，于公一跃避开，巨鬼的箭贯穿墙壁，发出了铮铮的声音。

巨鬼一击不中，勃然大怒，挥动着大刀砍向于公，如同狂风

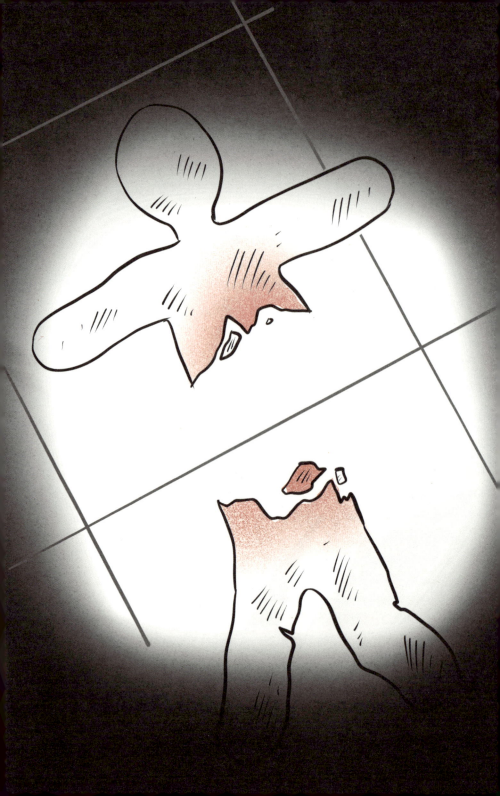

一般。于公像猿猴一样敏捷地避开，巨鬼砍在了院中阶石上，石头立即裂开。于公趁机从巨鬼胯下窜出，挥剑击中巨鬼脚腕，发出了"铿"的一声。

巨鬼吃痛暴怒，咆哮如雷，转身攻向于公。于公低下身子，又从巨鬼腿下钻过，再次砍向巨鬼，这次只砍下了巨鬼的衣袍。于公一跃而起，到了巨鬼腋下，用剑猛攻，又是"铿"的一声，击中巨鬼。巨鬼站立不稳，轰的一声倒在地上。于公挥剑一顿乱砍，巨鬼身上铿然作响。

于公点灯查看，发现巨鬼原来是一具和人差不多高大的木偶。它的弓箭还在腰间挎着，脸刻得狰狞凶恶，它身上被击中的地方有血迹渗出。于公拿着灯一直等到天亮。这时，于公已经知道，这些鬼物一定都是算命的派来的，想害死自己来证明他的话灵验。

第二天，于公将夜里发生的事情告诉了朋友们，众人一起去找算命的算账。算命人远远地看见于公走了过来，一下就消失不见了。于公的一个朋友说道："他一定是用了隐身术，用狗血就能让他现出原形。"

于公按他所说，回去后准备好了狗血又去找寻算命人。算命人再次隐身，于公将狗血向他刚刚站的地方泼去，算命人瞬间现出了身形，他脸上狗血淋漓，双眼闪着亮光，如同鬼物一般。

于公将算命人扭送官府，后来，算命人被判处了死刑。

庙鬼

新城有一个秀才名叫王启后，是地方官王象坤的曾孙。

这天，王启后看见一个妇人进了房间，这妇人又胖又黑，面貌丑陋。妇人笑眯眯地靠近王启后，神态猥琐淫邪。王启后推拒，妇人不走。从此后，王启后坐着、躺着都能见到这个妇人，但王启后意志坚定，始终不动摇。

妇人恼羞成怒，扇了王启后的耳光，声音很大但并不是很痛。妇人又拿了一条带子悬挂在屋梁上，扯着王启后上吊。王启后不自觉地走到梁下，伸出脖子做出要上吊的样子。有人见到王启后脚离开了地面，身体挺立在空中，但也没有立即死去。从此后，王启后就疯疯癫癫。有时候，他忽然说道："她要拉着我去投河了！"然后就奔向河边，拽着他才能阻止。

类似这样的行为，有上百种，每天都要发作几次，服药和巫术都没有效果。一天，有武士拿着锁链来到王启后面前，怒斥道："你怎么敢这样欺负朴实的人！"说完，就用铁链锁住妇人，从窗棂间出去了。到了窗外，妇人不再是人的外貌，双目如同电光闪烁，张着一张血盆大口。

王启后想起来城隍庙中有四个泥鬼，其中一个就和这个妇人很像。

从此以后，王启后的病就好了。

苏仙

未婚女离奇怀孕

高明图担任郴州知州时，有一个姓苏的姑娘，在河边洗衣。河中有一块大石头，苏姑娘就蹲在石头上。这时，一串绿色的苔藓漂浮在水中，绕着大石头游了三圈。苏姑娘心中若有所感。

回到家后，苏姑娘就怀孕了。苏母偷偷问女儿是怎么回事，苏姑娘就将这天遇到的怪事告诉了母亲。苏母听了后也很疑惑。

几个月后，苏姑娘生下了一个男孩。苏姑娘本想遗弃这个孩子，但实在不忍心，就将孩子藏在柜子里，偷偷抚养。苏姑娘也决定终身不嫁，以示贞节。女子未婚生子毕竟是件羞耻的事情，所以孩子长到七岁都没有外出见过人。

这天，孩子突然对母亲说道："儿子已经长大了，不能总是这样关着我，不然我怎么长得大呢？我还是离开吧，这样也不会连累母亲。"苏姑娘问儿子要去哪里，男孩说道："我不是人类，我很快就要腾空而起，翱翔于山间了。"

苏姑娘哭着问儿子什么时候会回来，男孩答道："等母亲过世了我才回来。我走之后，母亲如果有什么需要，就去我的柜子里面寻找，一定能够得偿所愿。"说完，孩子拜别离去。苏姑娘出门去看，孩子已经没有了踪迹。

苏姑娘将事情告诉了母亲，母亲非常惊讶。苏姑娘还是坚守当初立下的志向，一直没有嫁人，与母亲相依为命。

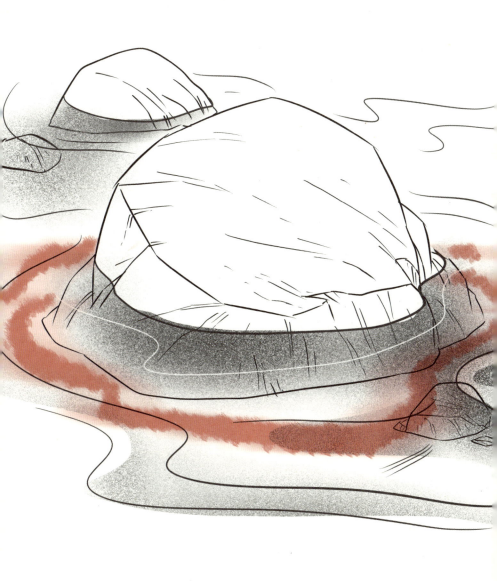

苏家日渐贫困，有一次，苏姑娘做早饭时发现没有粮食了，正束手无策时，她突然想起了儿子说的话。于是，苏姑娘打开了柜子，柜中果然有白米。从此有什么需要，柜子都有求必应。三年后，苏母病逝，葬礼所需要的一应物品，都是从柜子中得来的。

苏母死后，苏姑娘独自生活了三十年，意志坚定。这天，邻居妇人向苏姑娘借火，看到苏姑娘一个人静坐在空房里，二人交谈了很久，她才离去。没一会儿，苏姑娘的屋子上飘来了一团五色云彩，如同车盖。车中有一个人穿着华丽的服装，仔细一看，正是苏姑娘！

云彩在空中来回飘浮了很久，渐渐远去。邻居们都很疑惑，去往苏姑娘的房子察看。只见苏姑娘打扮得整齐鲜艳，坐在床上一动不动，已经断气了。

因为苏姑娘没有嫁人，邻居们商量着为她下葬。忽然间来了一个少年，身材高大，仪貌魁伟。少年自称是苏姑娘的儿子，向邻居们道谢。邻居们隐约听说过苏姑娘有儿子的事情，也没有怀疑。

少年人出钱安葬了母亲，种了两棵桃树在墓旁，而后离去。走了数步，少年足下生起了云彩，转眼就消失了。

后来，墓旁的桃树长大，结出的果子又大又甜，当地人都称之为"苏仙桃"。这两棵桃树，每年都枝叶繁茂，从不衰朽。在这里当官的人，总是会带些"苏仙桃"回去馈赠给亲友。

柳秀才

柳树替庄稼受灾

明朝末年，青州、兖州一带蝗虫成灾，这些蝗虫往沂县方向飞去，沂县县令十分担忧。

这天退衙之后，县令在后房休息。他迷迷糊糊地睡着了，梦中出现了一个叫柳秀才的人。柳秀才戴着高高的帽子，穿着绿色的长衫，身材魁梧，自称有对付蝗灾的办法。县令急忙向他请教，柳秀才说道："明天西南方向的路上，会有一个妇人路过，她骑着一头大肚子母驴。她就是蝗神。如果你向她请求，就可以免除灾祸。"

第二天，县令准备好了酒食在路边等候。过了很久，果然有一个妇人来了，她梳着高高的发髻，身披褐色斗篷，骑着一头老青驴，缓缓向北行去。县令立即点燃香烛，捧着酒杯在路边恭迎，牵着驴子不让妇人离去。

妇人问道："官爷你准备做什么？"县令哀求道："我们这个小县城，希望能免除蝗虫之灾。"妇人说道："可恨！都怪这柳秀才多嘴，泄露我的机密！那就用他自己的身体来承受灾祸，不损害庄稼好了。"于是妇人喝了三碗酒，转眼就消失了。

后来，蝗虫飞来了沂县，遮天蔽日、气势汹汹，然而，蝗虫不伤害庄稼，只停留在柳树上，柳叶都被蝗虫吃尽了。这时县令才明白，柳秀才就是柳树神。有人说："这都是县令忧虑百姓，感动了上天的缘故。"

酒虫

酒虫让人爱喝酒

　　长山的刘氏，身体肥胖酷爱饮酒，每次独自饮酒都能喝一大坛子。他在城外有三百亩土地，其中一半都用来种植酿酒的黍子。刘氏家中豪富，并不在意饮酒的花销。

　　一天，一个西域的和尚见到了刘氏，说他有怪病在身。刘氏反驳说没有。和尚问道："你是不是喝酒常常不醉？"刘氏说："确实有这个情况。"

　　和尚说道："这是酒虫在作怪。"刘氏听了后很惊讶，请求和尚为他治疗。和尚说道："这事简单。"刘氏问和尚需要什么药物，和尚说都不用，只让刘氏中午在烈日下趴着，捆住他的手脚，然后在离刘氏头半尺远的地方放了一碗美酒。

　　过了一会儿，刘氏又热又渴，想喝酒到了极点。前方的酒香扑入鼻中，馋得刘氏躁动难安，但是却喝不到。忽然间，刘氏觉得喉咙里一阵瘙痒，哇的一声呕了出来，呕吐物直接掉进了酒中。

解开绳子走过去一看，只见酒中有一块三寸左右的红肉，如同鱼一般游动，眼睛嘴巴都有。和尚说这东西是酒虫，刘氏听后很吃惊，赶紧向和尚道谢，要拿钱报答他。和尚不要钱财，提出要带走酒虫。

刘氏问酒虫有什么作用，和尚说："酒虫是酒的精华，如果在坛子里装上清水，再放入酒虫。这水就会变成一坛美酒。"刘氏让和尚试验了一下，果然如此。

从此以后，刘氏对酒变得非常厌恶，他的身子日渐消瘦，家中越来越贫穷，最后竟然到了没饭吃的地步。

木雕美人

木雕人栩栩如生

一个叫白有功的商人讲了这么一个故事：

"在山东泺河口，我曾见到一个人背着一个竹箱，手里牵着两条大狗。他从竹箱子里拿出了一个用木头雕刻成的美人，这木雕一尺多高，眼睛会转，手能活动，打扮得十分艳丽，栩栩如生。这人用精美的小垫子铺在狗背上，让木雕美人坐着。他命令狗快跑，木雕美人就会自己站起来，模仿出人骑马的样子，做出各种表演。它一会儿蹬着小马镫藏在狗肚子下，一会儿勾住腰拖在狗尾巴处，跪拜起立都灵活自然。等到表演'昭君出塞'的时候，这人又拿出另外一个木雕人，它插着野鸡翎，骑着马跟随在木雕美人后面。美人饰演的昭君在前面频频回头，木雕小伙子在后方策狗追赶。这些表演真是活灵活现。"